5

異世界漫步

～路弗雷龍王國篇～

あるくひと

[Illustration]
ゆーにっと

Walking in another world

Kadokawa Fantastic Novels

CONTENTS

Walking in another world

序章

「嗯？主人，怎麼了？」

當我在閱讀從商業公會收到的信件時，購物回來的光抱住了我。

她是黑髮黑眸的少女，以前在艾雷吉亞王國當過間諜（Spy）。

我曾是她監視的對象，還一度交過手，但在那之後我知道了光的境遇，決定和她一起旅行。

她的脖子上戴著代表特殊奴隸的身分，有三道銀線的黑色項圈。

光會成為特殊奴隸不是出於我的嗜好，而是因為無法製作身分證而採取的措施。等她到了差不多可以在冒險者公會註冊的年齡時，到時候再解除奴隸契約就好。

當我和光交談時，四名愉快聊著天的女性走進房間。

「真是的，小光，不可以在家中奔跑喔。」

警告光的是米亞。

她是福力倫聖王國的前聖女。

她因為魔人的陰謀面臨生命危險，所以假扮成奴隸逃離了聖都彌沙。

雖然現在那個誤會已經解開了，但因為魔人曾經想要她的命，她為了保護自己，現在離開了國家，與我一起旅行。

她之前戴著代表奴隸身分的項圈，但幾天前我們去奴隸商館解除了契約，現在已經拿下了項圈。

米亞曾猶豫過是否要解除奴隸契約——

「你想，與影狼戰鬥後的回程路上，空你對我說，希望我跟你一起旅行……所以，我也決定不拿這件事當理由了，因、因為今後我也想和空一起旅行。」

我清楚地記得米亞按著奴隸的項圈，面紅耳赤地對我說，讓我也紅了臉。

那時她認定必須作為奴隸才能與我同行，所以似乎打算用希耶爾當藉口，拒絕解除契約。

「還、還有，我調查過路弗雷龍王國，發現帶著奴隸的人會被以討厭的目光看待，我也不希望別人這樣看待空。」

看來這是她經過多方考慮的結果。

「小光她很有活力嘛。啊……空、空，我們買好東西了。」

貓獸人賽拉邊說邊把買回來的食材交給我。

她可能是心情很好，頭上的貓耳朵不停顫動，尾巴也晃啊晃的。

賽拉曾在與波斯海爾帝國的戰爭中被俘虜，淪為戰爭奴隸。

我在聖王國的聖都遇見她，在那裡用五百枚金幣買下了她，不過她在地下城存到了作為解放條件的金額，所以現在不再是奴隸了。

她會不禁想喊我「主人」，我想是因為還不習慣。

「賽拉，妳應該更習慣一點，每次喊空的名字都結巴，在旁人眼中看來，就像戀愛中的少女

喔。」

金色眼眸閃爍著詭異的光芒，盧莉卡看到賽拉的樣子後取笑她。

她看著雙頰通紅的賽拉反駁，看起來非常愉快。

看到兩人的互動，克莉絲發出呵呵輕笑。

克莉絲、盧莉卡和賽拉三人是童年玩伴，在瑪喬利卡此地重逢。

另外，克莉絲的外表看起來和人類種族無異，但其實是尖耳妖精。

現在她戴著魔道具賽克特的項鍊，使外表看起來和人類種族沒有差異。頭髮和眼睛現在都呈現金色，但本來是銀色的。

「那麼空，發生了什麼事？小光也很擔心，你的表情看起來很難看喔。」

聽到克莉絲詢問，我說出了信件的內容。

那是豪拉奴隸商會的德雷特寄來的信。

在坦斯村與德雷特分別時，我曾拜託他調查關於愛麗絲的情報並通知我。

調查結果這次以信件的形式送來了。

原本用傳話就能解決，他卻送來繁瑣、耗時又花錢的機密信件，閱讀完信件內容後，我就能理解其原由了。

「尖耳妖精的目擊情報……嗎……」

信件的內容不是關於愛麗絲，而是關於尖耳妖精的傳聞。

那是在波斯海爾帝國和愛爾德共和國的戰爭締結停戰協定後的事情，在帝國淪為奴隸的尖耳妖精被透過祕密管道買賣的謠言，在奴隸商人之間流傳開來。

而且據說有好幾名尖耳妖精，貌似被人類至上主義的國家——艾雷吉亞王國的人花一大筆錢買走了。

無法確認有人實際目擊此事，也沒有留下交易紀錄。也不知道是王國的哪個人購買的，但這個傳聞一度在奴隸商人之間引起話題。

不過，這個傳聞也在不知不覺間消失，在德雷特提及前，被問到的當事人也早就忘記了。

「之前說過下一個要去的地方是路弗雷龍王國吧？我在想是否回去王國會比較好。克莉絲，妳們覺得呢？」

有句諺語叫無風不起浪，既然會傳出傳聞，我認為也許能找到某些關於尖耳妖精的線索。

「……我認為可以去龍王國。我們走訪過王國的奴隸商人，但沒有找到人，而且那個消息是好幾年前的事了吧？」

「應該是那樣。」

若是停戰協定後的事情，那已經是好幾年前的事了。

「那麼我想先去龍王國。那裡是一個有點特殊的國家……而且，空和小光不太想靠近王國對吧？」

聽到克莉絲的話，我只能點頭同意。

我的確認為王國很危險，不能隨意前往，雖然我在紀錄上似乎已經死亡了。

當我們討論關於今後的事情時，外表像安哥拉兔的希耶爾飛了過來。

希耶爾是與我締結契約的精靈，基本上過著吃飽就睡的自在生活。

不過她在關鍵時刻會成為助力，是個可靠的搭檔。但她知道後會得意忘形，所以不會告訴她本人就是了。

希耶爾可能是剛吃飽所以昏昏欲睡，她揉著眼睛，像被吸引過去般窩進米亞的臂彎裡。

「哇啊～希耶爾還是一樣可愛呢。不過，為什麼米亞摸得到希耶爾呢？」

盧莉卡看著撫摸希耶爾頭部的米亞說道。

正如盧莉卡所說，即使奴隸契約已經解除，米亞也不需要配戴魔道具艾麗安娜之瞳就可以看見或觸摸希耶爾。

另一方面，賽拉在解除契約後兩件事都做不到了，因此她正戴著艾麗安娜之瞳。

當大家都不解地想著「為什麼呢？」時，希耶爾悠哉地打了個哈欠。

我們為了踏上旅途，將租借的房子解約，搬到諾曼他們的住處後，每天都過得很熱鬧。

可能是因為至今都分開生活的關係，看到他們高興的笑容，我就自然地笑顏逐開。

還有，他們或許知道我們遲早會啟程離開這個城鎮，所以想盡可能與我們共度時光。

今天米亞也去哄一直到深夜都不肯睡的孩子們睡覺。

那天晚上，在孩子們入睡後，我跟賽風詢問了信件的事情。

他是哥布林的嘆息這支隊伍的隊長，我以前在王國當冒險者時，他經常照顧我。

我們在瑪喬利卡重逢，當我告訴他我就是在王國被認為已經死亡的空本人時，他非常驚訝，但更多的是高興。

在那之後我們一起攻略地下城，成功打倒了第四十層的頭目。

雖然不能大聲說出來，但賽風他們似乎在做類似愛爾德共和國情報員的工作，這次之所以來到瑪喬利卡，是接到了暗中保護盧莉卡和克莉絲的指令。

「那麼我們去王國幫你確認吧？」

「可以嗎？」

「嗯，我們本來就在王國活動，就算回去也不會有任何人覺得不對勁。只要聯絡共和國，若是關於尖耳妖精的事情，他們可能會派遣其他調查員來，而且我們也無法前往龍王國。」

「……這是什麼意思？」

我本來以為賽風他們或許會為了保護克莉絲她們而跟過來，所以感到意外。

「那個國家是從很久以前就存在的國家。據說從前並不是這樣，但這一百年來，聽說他們把與其他國家的關聯降到最低，理由不得而知。從那之後，那個國家就把從事我們這種工作的人拒於門外。」

他說共和國的高層也不想刺激對方，處於停止派遣人員的狀態。

所以賽風說他們無法接近龍王國。

「其實就我的立場，我必須阻止妳們前往，但就算阻止妳們也是白費力氣吧？」

聽到賽風的話，克莉絲、盧莉卡和賽拉用力點點頭。

「空，你要好好保護她們喔。」

「那是當然的。」

「那我就放心了。如果在王國有什麼發現，我會透過公會聯絡你們。」

與賽風談完後，大家回到各自的房間。

希耶爾今天似乎要和光一起睡，坐在她的頭上一起進了房間。

我躺到床上，開啟狀態值。

姓名「藤宮空」　職業「魔導士」　種族「異世界人」　無等級
HP560／560　MP560／560（+200）　SP560／560
力量……550（+0）　體力……550（+0）　速度……550（+0）
魔力……550（+200）　敏捷……550（+0）　幸運……550（+0）

技能「漫步Lv55」
效果「不管走多少路也不會累（每走一步就會獲得1點經驗值）」
經驗值計數器　43692７／1310000
技能點數　4

已習得技能
【鑑定LvMAX】【阻礙鑑定Lv5】【身體強化LvMAX】【魔力操作LvMAX】

【生活魔法ＬｖＭＡＸ】【察覺氣息ＬｖＭＡＸ】【劍術ＬｖＭＡＸ】【空間魔法ＬｖＭＡＸ】【平行思考ＬｖＭＡＸ】【提升自然回復ＬｖＭＡＸ】【遮蔽氣息ＬｖＭＡＸ】【鍊金術ＬｖＭＡＸ】【烹飪ＬｖＭＡＸ】【投擲・射擊Ｌｖ９】【火魔法ＬｖＭＡＸ】【水魔法ＬｖＭＡＸ】【心電感應ＬｖＭＡＸ】【夜視ＬｖＭＡＸ】【劍技Ｌｖ９】【異常狀態抗性Ｌｖ８】【土魔法ＬｖＭＡＸ】【風魔法ＬｖＭＡＸ】【偽裝Ｌｖ９】【土木・建築Ｌｖ９】【盾牌術Ｌｖ９】【挑釁ＬｖＭＡＸ】【陷阱Ｌｖ７】【登山Ｌｖ２】【盾技Ｌｖ５】

高階技能

【人物鑑定ＬｖＭＡＸ】【察覺魔力ＬｖＭＡＸ】【賦予術ＬｖＭＡＸ】【創造Ｌｖ９】【賦予魔力Ｌｖ５】【隱蔽Ｌｖ５】【光魔法Ｌｖ４】

契約技能

【神聖魔法Ｌｖ６】

卷軸技能

【轉移Ｌｖ１】

稱號

【與精靈締結契約之人】

新學到的技能有一個。

NEW
【轉移Lv1】

技能效果是可以移動指定的物體，但現在似乎只能移動小的物體，而且移動距離很短，只有五公尺。

我認為這一點只要技能升級就會逐漸改善。

因為賽莉絲說過，她的同伴用這個技能讓同伴們逃出了地下城的頭目房間。

順帶一提，技能捲軸基本上能透過閱讀卷軸，來學習技能。

不過，據說偶爾也會有無法學到技能的情況，但不清楚條件是什麼。

我拿出魔石，發動轉移。

原本在右手的東西，一瞬間移動到了左手上。

我看向MP，正好消耗了一百點。有時等級提升，技能的MP或SP消耗量會降低，我是在期待這一點吧？

只能在有餘力時不斷使用技能，提升熟練度了。

我一直使用轉移到ＭＰ即將耗盡，用力大吐出一口氣。

被召喚到異世界後，這是我第一次在一個地方停留這麼久，也是第一次與人如此深入來往。

要啟程前往路弗雷龍王國，也就代表要與那些人告別。

雖然會覺得寂寞，但我也有非做不可的事情。

盧莉卡她們說：

「你不需要勉強自己陪著我們喔。」

但我要與盧莉卡她們一起尋找愛麗絲的決心沒有改變。

……不、不過，這也是因為我自己想要漫步走遍這個世界。

我姑且和領主威爾與冒險者佛瑞德商量過我們啟程後的事情了，應該沒問題。

如果能用這個轉移技能輕鬆地來往各地，那該有多好。

「那樣太稱心如意了吧？」

我喃喃自語，躺在床上閉上眼睛。

閒話・1

「以失敗告終了嗎……」

那句低語讓全身穿著黑色調服裝的男子渾身顫抖。

沒錯，普雷克斯領主委託的事情……綁架或暗殺瑪喬利卡領主女兒一事以失敗告終。

這個額外委託是在勇者等人使用普雷克斯地下城時，領主提供方便所得到的回報。

因為是突如其來的要求，他們借助了當地人的力量，男子想過也有可能會失敗。

「……好吧，算了。領主女兒的事情是他們的問題，只要展現出答應請求的態度就夠了。」

感受不到情緒的平淡話語，在安靜的室內響起。

對於眼前坐在豪華椅子上的男子——艾雷吉亞王國的國王來說，那件委託的成功與否似乎無關緊要。

他或許只把此事當作成功算是意外收穫的小事。

「那麼，勇者他們的情況如何？」

「是，據說他們在地下城裡成功討伐了龍。」

「……第二騎士團怎麼了？我派他們同行不只是擔任護衛，也是為了觀察勇者的成長狀況才對吧？」

「據說勇者大人拒絕讓騎士團同行，說他們會成為累贅，因此騎士團未能確認那場戰鬥的戰況。」

「……那麼，是勇者他們單獨打倒了龍嗎……」

突如其來的沉默使男子抬起頭，他的主人國王閉著眼睛。

男子一開始收到那份報告時也很驚訝，但他也認為從異世界召喚來的人有可能做到。

他觀察過在黑森林裡的戰鬥，對於他們的成長速度驚嘆不已。

雖然在對人戰鬥方面，騎士團的精銳們似乎靠著經驗和戰術占了上風。

「……那麼，素材呢？」

當男子低頭等待下一句話時，國王拋來提問。

「是，我們取得了素材。但是……」

男子說到此頓住，猶豫著要不要說。

然而，這不能由男子自行決定。

儘管可能會使國王感到不悅，但他不能不問。

「普雷克斯的領主提出了請求，希望我們分給他一點龍的素材。請問要怎麼做呢？」

他委婉地傳達了這件事，但領主實際上據說是以傲慢的態度提出要求的。

男子察覺到國王明顯變得不悅

喘不過氣。

他勉強忍著，不讓身體不由自主地開始發抖。

外表明明是平凡的中年男性……這就是身為王者的資質嗎？
男子也感覺到背上冒出冷汗。
「……我允許你賣一點給他，不過……」
「是！如果他開出趁機占便宜的價格，或是要求的數量過多，我們會讓他付出代價。」
男子立刻回答，現場的氣氛明顯緩和下來。
「好吧。那麼，勇者他們預計何時回來？」
男人告訴國王報告中所知的行程。
當然，由於那是最高機密，是只有少數人才能得到的情報。
如果勇者等人出了什麼事，無疑會觸怒國王。
並不是因為國王擔心勇者等人的安危。
男子深切地知道，異世界人在打倒魔王之後也有許多利用價值。
「……還有，通知各國的那件事情怎麼樣了？」
「我們已收到回覆，表示按照預定的日期進行沒有問題。不過……龍王國尚未回覆。」
「那個國家嗎……我們就不抱期待地等著吧，畢竟那裡在上次討伐魔王時也不太合作。」
就算他們缺席也會有辦法的。男子聽到國王這麼喃喃自語。
正當他以為這下子總算可以解脫了的時候，國王突然想起來似的問道：
「對了，那些實驗體怎麼樣了？」
實驗體……那個詞彙使他的心臟重重一跳，但他佯裝平靜地回答：

「……非常抱歉，我們派出了追兵，但在聖王國內跟丟了。他們大概是逃往龍王國了……」

自從發生魔人騷動之後，聖王國就加強了警備，無法輕易入侵。

「……其他實驗體怎麼樣了？」

「……那些人消失後不久，就全部都死亡了。」

「……是嗎……整理好實驗結果後，就暫時關閉設施，等消滅魔王後再開放。」

男子行了一禮之後，這次終於離開了房間。

第1章

「現在要出城了，你們要乖乖聽大哥哥、大姊姊的話喔！」
聽到佛瑞德的話，「好的！」孩子們精神十足地回應。
佛瑞德在瑪喬利卡長年以冒險者的身分活動，我們第一次相遇是在地下城裡碰到的。我們在那裡合力與影狼戰鬥，成為了朋友。
在那之後我們也一起組隊，但在第十五層發現珍貴的礦石時，佛瑞德接下了瑪喬利卡領主，也就是蕾拉的父親威爾的委託而與我們分別，不過我們現在仍像這樣持續來往。
我們向守門人說明情況後離開城鎮，孩子們停下腳步，騷動起來。
雖然孩子們的領袖諾曼有出聲叮嚀，但第一次看到城外的景色似乎讓他們興奮不已。
「好了，各位，在這裡吵鬧會妨礙到要進城的人們，所以繼續前進吧～」
米亞對孩子們說完，吵鬧的孩子們安靜下來，與米亞一起向前走。
「真不愧是米亞大人。」「是啊，我也想被她那樣提醒。」「為什麼我不是小孩……」
羨慕地注視著他們背影的，是一群穿戴白色調服裝及裝備的人——米亞親衛隊。
……他們是什麼時候製作了同款服裝的？
他們追上去時，跟在他們後面的是稱賽拉為大姊頭的賽拉隊。那些人看著賽拉開心地與孩子們互動的模樣，只是靜靜地點點頭。

另外，穿插在孩子們之間行走的人中，包含蕾拉她們血色玫瑰小隊在內，瑪基亞斯魔法學園學生們也在。

不過由於這次要到城鎮外，他們穿著的不是學園制服，而是外出用服裝。

「喔，空，人變得很多呢。」

我準備向前走時，賽風對我開口。

「我確實沒想到會增加到這麼多人。」

我對走過眼前的人數感到驚訝。

人數輕鬆超過了五十人，但沒有到一百人就是了。

這次我們會來到城鎮外，是為了與愛爾莎、阿爾特以及諾曼等孩子們製造回憶。

我向了解瑪喬利卡周邊環境的蕾拉等人詢問有沒有適合孩子們遊玩的地方時，她們告訴我現在要前往的地方很適合。

據說那裡是在學園生們之間，私下很受歡迎的休憩地點，而且不可思議地不會出現魔物。

只是城外有很多危險。

於是我邀請蕾拉和賽風一起前往，兼任護衛，結果人數不知為何增加到這麼多了。

我一開始想過「會不會太多人了？」，但孩子們的安全最重要，而且他們都是我們來到瑪喬利卡後交流過的人，我覺得這樣也好。

畢竟等我們啟程離開瑪喬利卡後，會有一陣子無法見面。

在大道上錯身而過的行人們看到這麼一大群人，很是驚訝，但當孩子們揮手時，他們都面帶笑容揮手回應，似乎是覺得孩子們的天真無邪很可愛。

我一邊走一邊打開ＭＡＰ，用察覺氣息和察覺魔力確認周遭的狀況。

大道上零星顯示出人的反應，魔物的反應只有位於遠處的幾隻而已，而且都偏離我們前進的方向。

根據我事先向蕾拉打聽的情報，她說以大人的腳程，早上出發可以在中午前抵達，但如果要配合孩子們的速度，會在午後到達。

反正預定要住一晚了，不需要急著趕路吧？

我抬頭仰望天空，燦爛的陽光傾注而下，是萬里無雲的大晴天，看樣子也不用擔心會下雨。

我們在途中離開通往洛奇亞的大道，一路南下。

在草原上的小路前進，眼前漸漸可以看到森林。

「差不多來吃午餐吧？」

由於太陽高掛空中，進入森林後，除了目的地以外也沒有其他開闊的地方，因此我們決定先吃午餐。

在其他人鋪墊子的時候，我從道具箱拿出前一天做好的三明治，交給各組的領隊。

這是孩子們一起做的三明治，是為了感謝陪伴同行的佛瑞德等人而製作的。由於數量很多，我們也有幫忙。

吃完飯後，我們終於進入了森林。

由於道路寬度只夠讓兩名成人勉強並肩而行，孩子組和成人組就組成搭檔，並排前進。

可能是因為瑪基亞斯魔法學園的學生們從以前就會走這條路，地面很牢固，但長年累月延伸生長的樹根從地面突出來，有些難走。

這也是因為雖然有陽光照射進來，但在枝葉遮擋之下，也有一些昏暗之處。

「來，希耶爾。張嘴～」

我們走在隊伍最後方，其中走在最後面的盧莉卡似乎正在偷偷餵希耶爾吃東西。

雖然看不到她們的樣子，但我可以輕易想像到希耶爾高興吃著的模樣。

「喔，那邊很危險，要小心喔。」

「會不會累？累了就不要客氣，要說出來喔。」

「你們平常都在做那種事啊。大姊姊以前在村裡時也做過～」

諸如此類，前方傳來孩子們和佛瑞德這些冒險者，以及魔法學園的學生們交談的聲音。

其實我覺得在森林中安靜地前進比較安全，但這次也無可奈何吧？

如果附近有魔物或野生動物，我或許早就提醒大家了，但看起來沒有魔物。

我也看到冒險者們揹起走得很吃力的孩子。

被揹著的孩子似乎因為視線變高，可以看得更遠，所以很高興。

「嗯，感覺魔力的流向改變了。」

正如克莉絲所說，我們走進森林到某個程度後，魔力的反應變強了。

這股魔力的感覺……我有印象。

「跟之前圍住瑪喬利卡的結界很像呢。」
「難道說魔物不靠近這附近是因為……」
「是的，可能是賽莉絲小姐做了什麼。」
她是充滿謎團的人，感覺又增加了一個謎團。
其實我也邀請過賽莉絲——
「嗯～我還是不去了～那裡是個好地方～你和孩子們開心地玩吧～」
但她這麼回答，拒絕了邀請。

「就是這裡嗎……」
穿過森林後有一片開闊的空間，其中心有一座湖泊。
湖心附近有一塊大岩石，聽說水是從那裡湧出來的。
需要注意的是，在那塊岩石的後方，有些地方水很深。
雖然已經事先提醒過孩子們了，但他們玩得入迷時或許會忘記。
所以需要成人組仔細注意。
此外，可能是因為陽光不受遮蔽地傾注而下，這個開闊的地方感覺比森林裡溫暖得多。
「女孩們在這邊。如果偷看……你們知道下場吧？」
聽到蕾拉的話，男人們點頭如搗蒜。
大家都被她的笑容震懾了，因為她的眼裡沒有笑意。

男人們也在遠離蕾拉等人搭設帳篷的地方，開始搭設更衣用的帳篷。

在更衣前，我著手進行其他準備。

「哎呀，那個真的很方便呢。」

當我用土魔法做出晚上烤肉用的烹調場地時，賽風走了過來。

「賽風，你不換衣服嗎？」

「雖然聽說這裡不會出現魔物，但不知道會發生什麼事情啊。你做完那個之後，也去換衣服吧。難得有機會，你也去享受一下吧。」

我決定坦率地接受他的好意。

我迅速換上泳褲，披了一件上衣。

這件泳褲和上衣都是用青蛙人的素材製成，能夠防水。

「喂，不要那麼急，一開始要慢慢下水。」

成年人們拚命地制止換好衣服的男孩們衝出去。

嗯，他們被耍得團團轉呢。

儘管如此，男孩們聽到提醒後仍乖乖聽話，慢慢把腳泡進水中。

我也學他們把腳泡進水中，恰到好處的冰涼感覺讓我不禁發出嘆息。

水質很乾淨，清澈得能看見湖底。

當我在湖邊把腳浸在水中休息時，男孩們一個接一個進入水中，過一陣子就互相潑水，開始玩耍。

嘩啦啦的水聲響起，水花四濺。

第一個成為目標的是賽拉隊的壯漢，他被孩子們包圍，受到集中攻擊。阿爾特也在其中，拚命地舀水狂潑。

但男子承受住攻勢，用粗壯的手臂靈巧地舀起水，向空中潑去。

大量的水朝孩子們傾瀉而下，被水花噴濺到的孩子們開心地發出歡呼。

「再來，再來！」

男子受到孩子們催促，忙碌地重複著舀水再潑出去的動作。

一起進入湖中的約書亞等人似乎也在回應孩子們的要求。

「啊，是大姊姊們。」

玩了一會兒後，一個孩子用手指著大喊。

我看向他指的方向，看到女孩們陸續走出帳篷。

年幼的女孩子也很沉靜，和男孩子們不同，沒有人想衝出去，跑進湖中。

「喔喔～」

成年人組會忍不住發出感嘆也無可厚非。

雖然有人穿上冒險者的服裝也會露出不少肌膚，但穿著泳裝又是另一種面貌。

學園生中，有人不知道該將目光往哪裡放，老實說我也覺得直視她們很難為情，但又無法移開目光，這種矛盾讓我很苦惱。

女生們無視我們的心情，毫不在意地走過來，優雅地陸續進入水中。

男孩子們在這時成群向她們潑水，女生們也像要反擊般應戰。

那天真無邪的模樣慢慢融化了緊張感，不久後愉快的聲音擴散開來。

「空，你不去玩嗎？」

當我望著那一幕時，有人向我說話。

我回頭一看，是米亞和愛爾莎。

米亞穿著裙子款式的比基尼並披著上衣，愛爾莎則是裝飾著可愛荷葉邊的連身泳裝。

雖然暴露程度無疑比其他人低，但米亞穿得比平常裸露，讓我看得心跳加速。

「我接下來還有費力的工作要做，所以正在休息……吧？」

我把視線轉回在湖中玩耍的孩子們身上並回答，避免感到尷尬。

雖然就算一路走到這裡，我也一點都不疲倦，但我等等還有工作是事實。

「如果要準備晚餐，我們也會幫忙喔。」

「是啊，那當然，所以大哥哥也過來玩吧。」

愛爾莎也充滿活力地點點頭附和米亞的話，但老實說，我是不知道該怎麼玩。游泳？

正當我像這樣煩惱的時候，突然被人從背後推了一把，身體掉進湖中。

巨大的水柱噴濺而起，歡呼聲傳來。

我抬起頭回望，盧莉卡就威風凜凜地站在那裡。

呃，這套泳裝會不會太大膽了？

「這種事情，衝勁很重要，什麼也別想就泡進水裡才是最好的！還有……」

「還有？」

「就是現在！大家動手～！」

聽到盧莉卡的號令，孩子們包圍住我，一起朝我潑水。

水花嘩啦啦地飛濺過來，本來以為只是小孩子的力道，不算什麼……但人數聚集起來，確實也頗具威力。

而且我也不能隨便反擊、讓他們受傷，只好一邊逃一邊反擊，向後退拉開距離。

但孩子們似乎毫不在意，一邊前進一邊朝我潑水，同時發出愉快的笑聲。

「不好了，保護空先生！」

這時，賽拉隊的成員們形成人牆，擋在我的前方。

還以為這下子可以喘口氣了——

「請打破那道牆。」

米亞說出危險的話，米亞親衛隊也加入了戰鬥。

「呵呵，我們也要下場嘍。」

接著，在蕾拉的號令下，瑪基亞斯魔法學園的學生們也加入戰局。

儘管如此，身材健壯的男人們防守得十分完美，對手無法攻擊到我。

人數有差距，我方反倒有反攻回去的勢頭。

真是可靠。

但在此時，更強的參戰者出現了。

「什麼？大姊頭居然加入敵陣……」「怎、怎麼辦？」「不，但是，可是……」

賽拉的登場使賽拉隊的成員們產生動搖，固若金湯的防守出現了裂縫。

不久後，他們一個接一個地倒下，我也在激烈的水彈攻擊中倒下了。

我漂浮在水面上，眺望天空。

「露天浴池也很棒呢……」

我這麼想著，閉上眼睛。

放鬆身體，順著水波漂浮時，孩子們愉快的聲音傳入耳中。

雖然不時會聽到制止孩子們攀爬岩石的聲音，但我靠察覺氣息得知附近有成年人在，決定把事情交給他們。

當我聽著那些聲音，慶幸有過來這裡時，一個影子出現，遮住了光線。

我疑惑地睜開眼睛，發現克莉絲正探頭望著我。

「啊，空，你沒事吧？」

我對於突如其來的極近距離吃了一驚，失去平衡而沉入水中。

還有，近距離看到穿泳裝的克莉絲也讓我心生動搖。

克莉絲穿著連身泳裝，外面披著上衣，沒有太過暴露，但能清楚地看到大腿根部，讓我不知道該往哪裡看才好。

「我沒事，只是有點累了。」

我站起身，一邊刻意不低下視線一邊回答。

「太好了。你一直漂在水面上不動，所以我很擔心。」

克莉絲安心地吁了口氣。

「還有，對不起，小盧莉卡又亂來了。不過，她這麼做沒有惡意，小盧莉卡是以她的方式在為孩子們著想，才做了那樣的事。」

根據克莉絲的話，孩子們似乎想和我有更多交流。

但是他們似乎覺得不能打擾平常忙碌的我，有所顧慮。

的確，從租屋處搬到諾曼他們的住處後，我都在為我們的旅行做準備、和威爾他們討論我們啟程後的事情，十分忙碌。

我還製作了儲藏庫，讓佛瑞德他們可以好好保存狩獵到的魔物，不會腐敗。

這是一種魔道具，使用了魔石，能將室內保持在一定的溫度。

我希望未來能做出不需要消耗魔石的魔道具，但依我現在的技能還無法實現。

因此雖然住在同一間房子裡，我和孩子們確實幾乎沒有機會接觸。

「那麼我得感謝盧莉卡呢。我的確很久沒看過孩子們打從心底露出笑容了也說不定。」

我望著正在快樂嬉戲的孩子們說道。

「呵呵，是啊。那麼，你接下來要做什麼呢？」

「……我要休息一下，總覺得現在不能去打擾他們。」

「因為大家都在模仿空啊。」

克莉絲感到有趣地笑了起來。

我環顧四周，有許多孩子都模仿剛才的我，一樣漂浮在水中。

雖然也有孩子漂不起來，但蕾拉她們會給予輔助。

我和克莉絲告別，走到湖畔坐了下來。

周遭一片寂靜，之前的喧囂宛如一場假象，寧靜的時光流逝。

「這樣也不錯呢……」

回去以後，終於要出發前往路弗雷龍王國了。

也許這是最後一次能夠悠閒放鬆了。

「空先生，方便打擾一下嗎？」

我知道有人接近而來，來找我搭話的人是凱西。

凱西在我旁邊坐下——

「我想再次向你道謝。空先生，謝謝你。」

那句話讓我不禁露出苦笑。

她說要再次道謝，但我覺得每次見面，凱西都在向我道謝。

「妳如果要道謝，就去感謝米亞和克莉絲吧，因為有她們兩人在，妳才能夠得救啊。」

「……米亞小姐和克莉絲小姐也對我說了同樣的話。」

「是嗎……」

米亞和克莉絲感覺是會這麼說。

「……你果然要啟程了嗎？」

我點點頭後——

「真令人寂寞呢。」

凱西對我說道。

聽到那句話，我不禁抬起頭看著凱西。

因為雖然我覺得凱西在石化治癒後氣質變柔和了，但在那之前，她感覺就像築起了一道牆，或者是對我心存警戒。

當然，這可能是我自己的想法就是了。

「啊，沒事……因為蕾拉大小姐很在意……」

凱西吞吞吐吐地說完後低下頭。

沉默流竄，尷尬的氣氛籠罩著我們。

此時，救星嘩啦啦地撥開湖水出現了。

「是阿爾特啊。怎麼了嗎？」

「……嗯，我累了。」

「愛爾莎呢？」

我總會不自覺地將阿爾特和艾爾莎看作一組。

我朝阿爾特所指的方向看去，愛爾莎和經常做菜的孩子們在一起。

接著我垂眼看向阿爾特，他打了一個呵欠，揉著眼睛。

這也難怪，今天他走了很久的路，又精力充沛地玩水。

「阿爾特，我們先去換衣服吧。」

這裡雖然溫暖，但一直穿著泳褲難免會感冒。

太陽也西沉不少，應該就快天黑了。

阿爾特對我的話點點頭，從湖裡上岸。

我向凱西打了聲招呼，用洗淨魔法去除水分，帶著阿爾特前往更衣用的帳篷。

我鋪上地毯，先弄好簡易的休息處後，開始準備晚餐。阿爾特很想幫忙，但我讓他去休息。

雖說是準備，因為事先準備工作幾乎都做好了，接下來只剩下燒烤肉串和蔬菜，以及將切好的食材放進鍋裡烹煮，並用調味料調味而已。

「空，有什麼需要幫忙嗎？」

我在做菜時，米亞她們也回來了。她們已經換好了衣服。

我看向湖泊那邊，沒有看到人影。

「大家好像都玩累了。」

可能是注意到了我的視線，米亞這麼告訴我。

我請米亞和克莉絲幫忙，一一完成料理。

愛爾莎也說要幫忙，但我讓她和其他孩子一樣去休息，畢竟她露出了疲倦之色。

在料理做好後，終於開始吃晚餐了。

大家都拿到料理後，佛瑞德一聲令下，大家一起開始用餐。

可能是因為走了很多路又玩了很久、肚子餓了，準備好的料理接連被吃光。

我一邊觀察情況，一邊繼續製作料理，自己也抽空進食。

同時，我也不忘和周遭的孩子們聊天。

他們紛紛告訴我對今天體驗的感想，說起覺得什麼事情很有趣，城鎮外面的世界既寬廣又驚人等等。

只能說讓他們安靜下來費了一番力氣。

不久後用餐告一段落，大家一起躺下來眺望夜空。

無數的星星在萬里無雲的夜空中閃耀。

通常到了晚上都待在家裡的孩子們，入迷地看著那片景色。

我也一樣地躺下來眺望夜空時，身旁傳來睡著的呼吸聲。

我往旁邊一看，阿爾特睡得很香甜。

看來他是吃飽後躺下來，忍不住就這樣睡著了。

我起身察看周遭，拿出狼皮製成的毛毯，包含阿爾特在內，為睡著的孩子們蓋上毛毯。

雖然入夜後氣溫仍不可思議地溫暖，但不知道到了深夜會怎麼樣。

「嗯？是空啊。守夜由我們來負責吧。」

我到處察看過孩子們的情況後，就這樣開始散步。

這是因為我想在睡前使用技能，提升轉移的熟練度，也是為了餵希耶爾吃東西。

可能是因為先前看到孩子們愉快用餐的模樣，希耶爾著急地催促我。

所以當佛瑞德注意到我並向我搭話時，希耶爾不滿地鼓起臉腮。

『再忍耐一下吧。』

我用心電感應道歉後，希耶爾鑽進了兜帽裡。

「難得有機會，我想到處看看，因為我還沒有睡意。」

「這樣啊……等回去以後，終於要告別了嗎？」

「……有很多事情都要交給你們，沒問題嗎？」

我們啟程後，佛瑞德他們會照顧孩子們。

雖然他們也要進行冒險者活動，無法一整天都在一起，但他們說好會為了諾曼他們狩獵用來解體的魔物。

不只是佛瑞德他們，據說米亞親衛隊和賽拉隊的人也會幫忙，他們還說要一起組隊。

另外，賽風他們也知道這件事，把在第四十層得到的魔法袋交給了佛瑞德他們。

那個魔法袋的性能比在第十層得到的好得多，可以放入大量物品，並大幅減緩物品劣化的速度。

雖然佛瑞德不免拒絕了……

「別客氣，有這個會很方便吧？」

但賽風說得若無其事，豪爽地笑著。

如果把那個魔法袋拿去拍賣，明明能賺一大筆錢啊。

我覺得允許他這麼做的哥布林的嘆息成員們也很了不起。

「我們會盡力而為的。而且，自從遇到空你們之後，也讓我們思考了許多事情。」

根據佛瑞德的說法，他從以前就知道像諾曼他們那樣的孤兒會做搬運工賺錢，但不清楚他們實際上過著怎樣的生活。

特別是孩子正為了比自己更年幼的小孩賺錢的事實。

所以實際與諾曼他們接觸並知道現狀後，以前認為有孩子們在公會前等著工作是理所當然，這與他們無關的想法產生了變化。

「雖然只靠我們無法照顧到所有的孤兒，但領主大人似乎也在思考各種措施，其實也有幾個大型氏族說會照料他們。」

據說這是【守護之劍】展開行動的影響。

之後我與佛瑞德告別，走到沒有人煙的地方準備好希耶爾的食物，然後提升轉移技能的熟練度，才回到原本的地方休息。

隔天的早餐是由愛爾莎帶領的孩子們準備的。

雖然他們因為環境跟家裡不同而遇到了困難，但米亞她們巧妙地提供協助。

走出森林吃過午餐後，年幼的孩子們累到睡著了，所以由成人組揹著他們走。

我也揹著阿爾特。

我在途中聽見他平穩的呼吸聲，但快到城鎮時，他似乎醒了，開口對我說：

「……大哥哥，你們還是要離開嗎？」

「是啊，因為我們得去找克莉絲她們重要的人。」

「……說得……也對……」

阿爾特寂寞的聲調讓我感到心痛，但唯獨這件事是無法改變的。

所以我和阿爾特做了一個約定。

「不過，等到事情結束後，我們會再回來的。」

「……真的？」

「嗯，所以在這段期間，你要幫助愛爾莎喔。」

因為愛爾莎太過努力，米亞也有點擔心她過於認真。

「支持姊姊？」

當我點點頭，阿爾特陷入沉默。

但是我知道。

阿爾特與愛爾莎一起去諾曼家教導他們做家務時，阿爾特有時會和諾曼他們一起鍛鍊身體，也參加過佛瑞德和賽風等人的模擬戰鬥。

我們見面時，他經常躲在愛爾莎背後，不曾一個人行動。

知道那樣的阿爾特也正在試著改變，我感到驚訝的同時也很高興。

「……嗯，我知道了……」

「拜託你嘍。」

聽見我的話，我感覺到阿爾特在背上點點頭。

◇◇◇

那一天終於到了。

門口聚集了許多相關人士。

還停著威爾為我們準備的豪華馬車，又吸引了更多目光。

這次要離開瑪喬利卡鎮的是我、光、米亞、賽拉、盧莉卡和克莉絲六人。

賽風他們將在另一天搭乘另一班車出發。

「……大哥哥……」

愛爾莎的眼角轉眼間積滿了淚水。

米亞看到後摸摸她的頭並抱住她，使愛爾莎不禁放聲大哭。

愛爾莎哭了一會兒，但她回過神，這次面紅耳赤地低下頭。

畢竟她在眾人面前大哭，這也無可厚非。

盧莉卡她們投來「快想想辦法！」的視線，令我有點困擾。

我對上愛爾莎的目光——

「愛爾莎，雖然有點晚了，我有個東西想給妳。」

我這麼說道，從道具箱裡拿出一張紙。

我以前就準備好了，但不曉得該不該給她。

「大哥哥，這個是？」

「這是我做過的料理和調味料的製作方法。」

「咦！」

接下紙張的愛爾莎發出驚呼。

雖然我之前曾以口頭或實際示範教過她，但不曾像這樣將做法寫成資料留下來。

而且，少見的料理本身就很值錢。

特別受歡迎的咖哩不用多說，只是撒在料理上就能讓料理變美味的調味料、只需攪拌就能輕鬆做出湯的調味料……對冒險者來說肯定非常珍貴。

「愛爾莎，妳向伊蘿哈小姐和米亞她們學了讀寫和算數對吧？」

「是的。」

「雖然妳可能還無法完全看懂，但只要持續學習，我想妳一定能看懂的。到時候，妳要為佛瑞德他們做各種料理喔。」

「…………好的。」

愛爾莎來回看了看我和紙張，點點頭。

「不過要注意的是，我做了標記的那些料理可以在家裡製作，但希望妳不要拿到外面去。」

我主要對咖哩等在這個世界上沒看過的料理做了標記。

這方面我有找賽風和克莉絲她們確認過，是否曾在其他國家見過哪些料理才加上標記。

之所以不能高調地製作另一個世界的料理，是因為我想起了王國的事情。雖然或許已經太遲了……

不、不過，根據克莉絲的說法，從異世界迷路闖進這裡的人很多，也許可以當作藉口，說是那些人傳播的？

「還有，等我們回到瑪喬利卡時，就用美味的料理招待我們吧。」

「……好的，請交給我。」

愛爾莎很有精神地回答，眼中已經沒有淚水了。

「蕾拉，謝謝妳所做的一切，我們能在這裡愉快地……獲得各種經驗，都是多虧了蕾拉。」

我們得以進入光想就讀的魔法學園，也因為這樣遇見了賽莉絲。

還在圖書館閱讀書籍，能做的事情也增加了很多。

魔像也是，如果沒有去魔法學園上課，我肯定無法創造出來。

為我們製造那個契機的人無疑是蕾拉。

「……不，反倒是我們要感謝你們。現在我們能像這樣平安地生活，都是拜你們所賜。」

聽到蕾拉的話，血腥玫瑰的成員們點頭同意。

「所以空，路上請多小心。我們下次再會。」

我們在大家的目送之下，坐上馬車出發。

其實我想要走路，但實在無法拒絕威爾的好意。

要前往路弗雷龍王國有三條路線。

其中列為選擇是從艾法魔導國直接前往，以及途經福力倫聖王國。

從魔導國前往的所需時間最短，但必須徒步攀登險峻的高山。

途經聖王國的路線可以搭乘馬車翻越山脈，所以前往路弗雷龍王國的人大多會走這條路線。

不過這代表人群相對地集中，而且翻越山脈需要使用專用的馬車，據說很難預約到。

另外，選擇這條路線需要途經位於聖都南邊的德桑特鎮，前往那裡也很花時間。

雖然路弗雷龍王國不再積極與其他國家交流，但有一種月桂樹果實只能在那裡獲得，所以據說商人會為了購買那種果實前往當地。

順帶一提，據說在製作回復藥、各種解毒藥和感冒藥時混入月桂樹果實，有大幅提升藥效的效果。

還有吃起來似乎也很可口。

聽到那個情報時，我覺得希耶爾的眼睛都發亮了。

這次我們選擇從魔導國直接前往路弗雷龍王國。

從以前自聖王國出發前往瑪喬利卡的途中，曾路過的洛奇亞鎮往東南方前進，首先移動到國境城市利艾爾。

我們要從那裡徒步登山，朝山岳城市拉克提亞前進。

聽說山上的天氣變化劇烈，非常寒冷，所以我們準備了充足的禦寒裝備。

辦理好洛奇亞的入城手續後，我們下了馬車。

「明天一整天都要在洛奇亞度過對吧？」

「對，我預計要在這裡採購食材。」

車夫對我的話點點頭，我們約好後天早上在南門會合。

車夫好像要直接前往南門附近，可以停放馬車的旅館。

為了逛早市，我們計劃在中央大街的旅館住宿。

目前道具箱裡的食物已經減少了許多。雖然這是跟平常相比，但還是消耗了許多，還有一些留在了諾曼他們家。

特別是蔬菜很少，但這也是因為我們知道會經過洛奇亞。

「那麼明天就去逛早市和露天攤位吧。盧莉卡和克莉絲應該是第一次來，妳們會玩得很開心的。」

「嗯，早市有很多好吃的東西。」

光向兩人介紹這個城鎮的早市是多麼精彩。

希耶爾也聽著她說，嚴肅地點點頭。

當晚，我們在旅館享用了主要以他們自豪的蔬菜烹飪的料理，早早就回到房間。

因為攻略地下城時賺了不少錢，我本來想為大家各訂一間房，但大家認為住在同一個房間比較便宜，所以決定住同一間。

難道她們不把我當成男人看待？

不、不，她們肯定是為了買下愛麗絲，想盡可能節省開銷。

「希耶爾，好吃嗎？」

「她吃了好多。」

不顧我的想法，並肩躺在床上的盧莉卡和光正在欣賞希耶爾的用餐情景。

其他三人正在檢查登山用的裝備。

我一邊使用轉移技能，一邊察看技能清單。

相對於可用的技能點數為4點，我有好幾個想學的技能，技能點數不足以全部學會。

我目前想學的技能有五個。

【同調Lv1】

我認為這與血腥玫瑰的成員之一，露露使用過的技能是相同的。

技能效果是將意識與他人連結。隨著技能等級提升，好像還可以將意識轉移過去操縱對方，但對象似乎只限於小動物。

露露應該是用這個技能進行偵察。

不過也有缺點，那就是使用者本人在使用時無法動彈，會變得毫無防備。

關於這一點，我認為擁有平行思考技能的我或許可以一邊投射意識，一邊活動身體。

【變換Ｌｖ１】

效果是可以消耗ＨＰ、ＭＰ、ＳＰ，恢復其他狀態值。
舉例來說，ＨＰ可以變換為ＭＰ或ＳＰ，ＭＰ可以變換為ＨＰ或ＳＰ。
用這個技能可以消耗ＨＰ或ＳＰ恢復使用轉移消耗的ＭＰ，讓我有效率地提升技能熟練度。
這兩種是消耗１點技能點數可以學習的技能。
接著是高階技能，需要２點技能點數學習。

【複製Ｌｖ１】

效果是可以暫時複製指定的道具。
這個有時間限制，超過時限後，複製品就會消失。
即使如此我還是很感興趣，因為與黑衣男戰鬥時，我曾因為武器失手掉落而暴露在危險中。
那時候若不是賽風伸出援手，我們可能早就在那時喪命了。
還有就是可以當場複製已賦予魔法的武器來使用吧。
因為是用完即棄，所以契合度感覺也會不錯。
最後是本來清單上沒有，在我用技能卷軸學到了轉移後，才出現在清單上的技能。
第一個是需消耗１點技能點數學習的技能。

【減輕ＭＰ消耗Ｌｖ１】

技能效果是減少使用魔法時消耗的ＭＰ。

Ｌｖ１可以減少百分之五，每升一級就會多減輕百分之五，提升到最高級可以減輕百分之五十。

這個很容易理解。

該不會是因為使用轉移會消耗大量ＭＰ，所以才可以學這個？

第二個是在學習時，需要消耗３點技能點數的技能。

【時空魔法Ｌｖ１】

技能效果是可以操作領域內的時間流動。

舉例來說就是以魔法使用者我為中心，進入半徑幾公尺內的物體動作會變慢。

雖然在等級低時生效時間很短，不知道是否能派上用場，但升到最高等級後，似乎還能在短時間內完全暫停時間，所以很有發展潛力。

需要３點技能點數也很合理。

但是，也有一個問題，

那就是使用時空魔法需要的ＭＰ量。

使用一次好像需要１０００ＭＰ

……這樣現在學會也無法使用，就算學了減輕ＭＰ消耗的技能也一樣。

看來只能提升漫步的等級來增加狀態值，或者提升減輕ＭＰ消耗的技能等級了。

我現在的職業是魔導士，所以如果能以更換職業增加ＭＰ，就必須變成魔導士的高階職業。

這次就著眼於未來，學習同調、變換和減輕ＭＰ消耗吧。

這樣我的技能點只剩１點。

這麼一來，搭乘馬車移動對我來說是負面效果……只能在有空的時候再一個人步行了。

第二天，我們在早市吃過東西也採購完食材後，我拜託販售商品的商店老闆讓我們參觀與他合作的農家農場。

這並不是因為我未來想從事農業，最大的理由是想增加走路的步數。

雖然我可以一個人去，但大家也想參觀，於是我們決定一起前往。

老闆介紹的人非常親切，詳細地為我們說明了栽培的方法。

我在另一個世界不曾碰過農業，所以覺得很新鮮，光是聽他說明也很有意思。

「原來是這樣～使用這個有這種意義啊。」

米亞聽完說明後喃喃地說。

「以前我還在村子裡的時候，有稍微做過一點農務。」

她懷念當時地告訴我們。

「不過我那時還是小孩子，只有在忙碌時才去幫忙。」

在那之後我們一邊聽說明，一邊參觀農場，總之規模非常龐大。

一整片廣大的土地都種滿了農作物，所以聽說收成非常辛苦。

因為與另一個世界不同，這裡不是使用機器。

即使動用許多人手，一天能採收的數量也是固定的，所以要調整到能在不同的日子收成很困難。

他們姑且錯開了種植日期，但由於天氣及農作物本身有個體差異，成長速度不同，所以會使用魔道具進行調整。

我記得很清楚，小時候在小學課堂上明明是在同一天種下同一種花的種子，成長的速度卻不一樣。

順帶一提，農夫告訴我那種魔道具是在瑪基亞斯魔法學園開發出來的。

「對了，年輕人，你們似乎對農業很感興趣，要不要把這裡的土壤、種子與幼苗帶回去？」

準備回去時，農夫對我們這麼說。是因為我們很認真地在聽他介紹嗎？

如果是在離開瑪喬利卡前，這些東西對愛爾莎他們開發家庭菜園會有幫助，是可以收下……

可惜的是我們正在旅行，無法栽培農作物。

如此心想的我想要拒絕，但面對農夫期待的眼神，我無法拒絕他。

難道他是想要增加務農同伴？

「真的聽到說明後，我才明白要種植一株蔬菜也很辛苦呢。」

聽到盧莉卡的話，克莉絲和賽拉點點頭。啊，希耶爾也是。

「不過米亞真厲害，以前就曾經幫忙務農。」

「因為那是個小村子，大家都像一家人。爸爸、媽媽……不曉得大家現在過得好不好。」

我一邊看著她的側臉，一邊想著不知外界是怎麼流傳關於米亞的事情。

雖然已經洗刷了假聖女的汙名，但世人普遍認為米亞已經死了。

那個消息可能傳到她的村子，傳到米亞的雙親耳中了。

去確認一下會比較好嗎？

「話說回來，賽拉妳們，那個，在分開之前是過著怎樣的生活？」

「嗯，我想聽。」

聽到米亞的話，光似乎也很感興趣，向前探出身體。

那句話讓克莉絲和盧莉卡停下動作。

「我們的童年時期啊～」

賽拉瞥了兩人一眼，兩人猛搖頭。

是有什麼不方便提起的黑歷史嗎？

但是賽拉臉上浮現笑容，開始說道。

因為盧莉卡總是取笑她，她可能打算回敬一下。

克莉絲感覺則是遭到無妄之災。

「老實說，與她們重逢時，我很驚訝。」

據賽拉所說，兩人小時候的性格與現在完全相反。

據說活潑的盧莉卡以前很文靜，沉穩的克莉絲則是調皮的女孩。

「盧莉卡經常被克莉絲拖著到處亂來。」

「對啊～然後經常被愛麗絲姊姊罵。」

盧莉卡趁機點頭同意，克莉絲於是就低下頭，滿臉通紅。

「盧莉卡姊姊以前是什麼樣子呢？」

「盧莉卡是個愛哭鬼。」

「嗯，她只是跌倒就會哇哇大哭。」

聽到光的問題，克莉絲像要報復般爆料。

「有點難以想像呢。」

我在心中認同米亞的感想。

因為我覺得要是隨便插嘴，我也會遭到波及。

希耶爾態度大方地大力點頭，彷彿在說「的確沒錯」，盧莉卡看到以後羞紅了臉。

閒話・2

我一腳踏進室內後，不禁皺起眉頭。

充滿藥品氣味的室內一片凌亂，要找個能走的地方都費力。

不管我提醒多少次也沒有改善，從事這方面工作的人怨嘆過即使過來整理，幾天後也會變回原狀。

而且不知為何，他們總是來向我報告，拜託我出面提醒。

我知道即使拜託他收拾也不會有改善，但為了謹慎起見，還是會去叮嚀一聲。

既然沒有改善，他很明顯沒有聽進去就是了。

「老者，我回來了。」

「嗯？是伊格尼斯啊。那麼，情況怎麼樣？」

即使我向老者說話，他回答時也沒有停下手中的工作。

「正如報告所說，聖女確認還活著。」

我不懷疑雷潔的能力，但親眼確認是很重要的。

聽到那句話，房間的主人老者——頭上長著三根角的魔人回過頭，露出微笑。

「是嗎是嗎？阿多那個小毛頭過來說他殺了聖女的時候，我還以為我們的計畫泡湯了……這樣啊，她還活著啊。」

「……還有，我也確認過高級尖耳妖精少女的情報了。看樣子……」

「看到你的表情就知道了。這樣啊……你已經告訴魔王大人了嗎？」

「不，還沒有，我想先向老者你報告。」

「……那你晚點去告訴她吧。這麼一來，或許會有一點改變。」

老者說得沒錯。

如果這樣能讓事情朝好的方向發展就太好了。

因為要打倒那個，理應需要魔王大人的能力。

「但是，只有一件事我不明白。我記得聖女的死訊被大張旗鼓地宣布過後，沒有更正消息說她還活著才對，他們是故意隱瞞情報的嗎？」

我確實對此感到疑惑。

聖王國……準確來說是教皇中了我們的計策，人們對他的信任已一落千丈。

如果那些人知道聖女還活著，就算宣布這是為了欺騙我們而演的一齣戲也不足為奇，但他們也沒有這麼做。

我也曾想過這是讓聖女假死，為了不讓聖女落入我們手中而故意隱瞞真相，但依照那個教皇的性格，我認為這不可能。因為那樣的人，應該會為了自保，毫不猶豫地犧牲他人。

實際上，我聽說現在那個國家爆發了對教皇的批判。

「……據我所見，聖女感覺是基於本人的意志在行動，與國家無關。我也實際派人探查了聖王國的情況，收到了教皇他們真的不知道她還活著的報告。」

我觀察過聖女與少年們相處的情況，在我眼中看來，並不像是……被迫待在一起的樣子。來自雷潔的報告也這麼寫著。

「什麼！那樣就沒有意義了吧？」

我明白老者想說什麼。

歷代的聖女們，都為了討伐魔王而成為勇者的同伴，一起來到這裡。

如果聖女與勇者們分開行動，她來到這裡的可能性就會降低。

畢竟那樣不可能進行那麼深入的干預。

我聽空說過，和他一起被召喚的人之中有聖女，但那雖然是聖女，又不是聖女……是不同的存在。

「不用擔心那個，聖女會來這裡的。」

「嗯？那是什麼意思？」

「因為聖女的同行者們遲早會來到這裡。」

既然已經知道空的……她們的目的，這一點就不會有錯。

所以我才沒有直接回到這裡，而是先去了一趟龍王國。

因為我聽說空他們的下一個目的地是龍王國。

只是，不知道那個人會做出怎樣的決定……根據那個結果，我可能需要再採取行動。

「……我知道了，那麼我繼續做好準備。多虧了實驗，我們就快完成了，再說……」

「……這樣啊……終於嗎……」
「是啊，命運之刻就快到了。」
「就老者看來，成功的機率有多少？」
「……很難說，但我希望以此做個了結……」
他毫無疑問說出了我們全體魔人的想法。

「伊格尼斯，聖女還活著的事是真的嗎？」
「對，我親眼確認過了。」
「什麼啊，那我不就白挨罵了嗎？」
阿多尼斯聽到我的話，鼓起臉頰。
那種態度就是其他人會說他是個孩子的理由，但阿多尼斯本人應該沒有發現。
「老者會生氣是因為聖女的事情，也是因為你害魔王大人擔心了。」
阿多尼斯也是魔人之一。
他活過的年歲遠比現任魔王大人還久。
即使如此，他由於心智尚未完全成熟，還殘留著稚氣，外表也是小孩子的模樣。
我知道魔王大人在覺醒成魔王前，經常照顧妹妹與比她年幼的孩子們。
因此會為阿多尼斯這種稚氣的孩子擔心。
這可能是在某種意義上幾乎喪失所有情感的魔王大人，唯一僅存的東西。

「所以，那個……聖女過得好嗎？」

那句話讓我感到意外。

「你那是什麼表情？我對聖女本身沒有恨意，而且以人類種族來說，她是個好人。」

阿多尼斯別開臉，脖子淡淡地泛紅。

我們對聖女本人的確也沒有恨意。

反倒覺得她很可憐。

其實毫不猶豫地殺了她也許會是種救贖，但我們知道那是徒勞無功。

因為世界上一定會存在一名聖女。

所以即使殺了現任聖女，下一任聖女遲早也會誕生。

然而老者生氣的是，如果失去了聖女的下落會對我們造成不便，以及如果我們隨便干預，引起那個的戒備會很麻煩。

「……那我走了。」

「嗯，我知道了。」

我與阿多尼斯告別後，去向魔王大人報告我獲得的情報。

「這段路程真是謝謝你。」

「別這麼說，這是一趟愉快的旅程。」

車夫表示特別是食物很好吃，向米亞她們道謝。

「不過，你回程要怎麼辦呢？」

「我會在這邊的冒險者公會僱用護衛回去，我想威爾大人已經安排好了。」

國境城市利艾爾的規模，比同樣是國境城市的賽特小得多。

因為這裡是名義上的國境城市，魔導國和龍王國真正的國境線是聳立在眼前的山脈。

據說冒險者公會也因此相當小，人數也不多，但是——

「可以搭乘馬車的護衛委託很受歡迎，因為可以不用走路啊。」

據說是這樣，只要提出委託，應徵者就會蜂擁而來，因為報酬也不錯。

話雖如此，如果被沒有實力的人接下也很麻煩，所以據說條件設定得很詳細。

「那麼，空，接下來要怎麼做？」

「我想收集關於山的情報。如果有人了解山裡的魔物或是實際登過山，我想先向他們打聽看看。」

如果有關於山的資料，我也想看一看。

「那就趁今天去冒險者公會調查吧。」

正如盧莉卡所說，距離太陽下山還有時間，所以我們決定前往公會。

「明天再去逛城鎮吧！」

光似乎對露天攤位很好奇，但還是乖乖順從了。不過希耶爾回頭看了好幾次。

我們進入冒險者公會時，可能是來自外地的人很少見，受到了眾人關注。我認為女性比例較高也有影響。

即使如此，我們還是順利打聽到了關於山的情報，主要是關於出沒的魔物。

「可以的話，我想向去過山岳城市拉克提亞的人打聽消息。」

可惜的是沒有這樣的人。

聽說冒險者也會為了狩獵魔物的素材而上山，但不會深入到山岳城市。

不過，冒險者詳細地告訴了我們這座山需要注意的地方。

據說爬過半山腰，越過積雪的地方後，路途會開始變得非常艱難。

如果進入更高的區域，會出現雪狼和雪歐克。

冒險者們異口同聲地說，雖然魔物個體不強，但如果不習慣在寒冷和積雪中移動，可能會陷入苦戰。

也有人建議我們，魔物成群出現時最好特別小心。

「還有，在降雪地區前進一段路後，會看到一棵大樹。從那裡開始，天氣會變得很糟，要注意喔，那簡直就像另一個世界一樣。」

根據那位冒險者的說法，那裡颳著猛烈的暴風雪，連睜開眼睛都有困難，手腳會迅速變得冰冷，失去知覺，所以他們立刻就掉頭折返了。

那就是他們不再前往拉克提亞的理由。

「是不是該走其他路線去龍王國啊？」

「據他們所說，有些地方的坡度非常陡峭，要爬上去可能會很辛苦。」

「如果途經聖王國，聽說可以坐馬車登山，坡度可能沒有那麼陡。」

「但這樣的話，徒步登山的人應該會增加不是嗎？卻沒有這種事，就代表可能有不搭乘專用馬車就難以攀登的某種因素，而且專用馬車可能需要等非常久。」

盧莉卡、克莉絲和賽拉三人正在討論關於登山的事。

「空，你在做什麼？」

「嗯，買了很多東西。」

米亞和光看著擺在桌子上的素材問我。

「因為環境好像比我原本想像的更加嚴苛，我打算做個能讓旅途舒適一點的道具。」

我想用創造製作的，是用來保護手腳指尖免於凍傷的道具。

正確來說，是製作道具所需的素材。

【卡爾德的織物】保溫性能優異的布料，注入魔力後會發熱。
所需素材——雪狼的皮毛。＊＊＊。魔石。

雪狼的皮毛價格昂貴。
我想這是因為比狼的皮毛更薄，保暖效果卻更優秀。
因為衣服的厚度越薄，越方便行動。
雖然有一種所需素材不明，但可以用創造來製造。
我得到了卡爾德的織物，不過還沒有完成。
接下來需要加工，但使用鍊金術……感覺有困難。
我在服飾店打聽是否可以縫製後，老闆娘說可以，所以我委託她加工。
她分別為我們測量尺寸，希望我們五天後再來領取。

雖然遇到了計畫之外的延誤，但我決定有效利用這段時間。
提升漫步等級所需的步數正在增加，所以我要多走路，畢竟腳踏實地的累積是很重要的。
只不過每天繞著城鎮走會被當成怪人，所以我也會走到城鎮之外。
剛好盧莉卡她們在冒險者公會接了委託，我與她們一起前往城外。
她們似乎是為了活動變遲鈍的身體才接下討伐委託，但也為我調查到在目的地森林中，有藥草的叢生地。

「空很喜歡對吧？」

被盧莉卡這麼說，我無法否認。

「那妳們接了什麼討伐委託？」

「是討伐大野豬群。據說牠們平常都在森林深處，但最近會跑到森林入口附近。」

「聽說在森林裡採集樹果的人遭到了襲擊。」

聽說被襲擊的人姑且丟下樹果逃跑了，所以平安無事。

「大野豬……好吃嗎？」

光和希耶爾在意的似乎是肉好不好吃——

「抱歉，我也沒吃過，所以不知道。」

但我只能這麼回答她們。

「大野豬不比狼敏捷，但是力氣很大，所以要小心喔。畢竟如果是強大的個體，甚至可以撞倒一棵大樹。」

聽到盧莉卡的提醒，我們重新繃緊神經並點點頭。

雖然在地下城與許多強敵交手過了，但絕不能掉以輕心。

我們進入森林後，先召喚出魔像核心．影狼類型——影。

我讓影走在前頭，同時使用同調技能與牠共享視野。

因為是影子的視角，離地面很近，速度也很快，景色飛快掠過。

我看得很專心，就漸漸感到不舒服。

就像暈車時的感覺。
我本來以為有平行思考技能就沒問題，但看來在適應之前，需要多練習幾次。
最後我在中途切斷同調，用ＭＡＰ確認魔物的反應。
森林深處有多個魔物的反應，那就是大野豬吧？
「森林深處有魔物的反應，因為沒有其他反應，我想那應該就是大野豬。」
我們朝有反應的方向前進，而我用心電感應指示影抵達魔物附近後躲起來待命。
不久後，影在ＭＡＰ上不再移動了，所以我再次使用同調。
可能是因為影停止不動，這次我沒有像方才一樣感到不舒服。
影的視野中映出了大野豬。
牠們的體型龐大，看起來有狼的三倍以上。另外，最具特徵的是獠牙，從嘴角延伸出來的四根獠牙比我的手臂還粗。
我記得那些獠牙是作為討伐證明的素材。
當我們靠近，大野豬也有了動作。
原本躺著的大野豬站起來，鼻子嗅了嗅。
牠在嗅味道？
當我們更縮短距離，牠明顯開始警戒。
而且由於牠們有了動作，讓我們看到了本來被其他個體擋住而看不見的最後一頭大野豬。
那頭個體的膚色與其他大野豬不同，色澤黝黑，似乎有很多條腿？

相對於普通的大野豬有四條腿，那頭膚色黝黑的個體有八條。

並且因為那頭個體站起來，我們也看到了牠的體型大小。

起碼有普通的大野豬兩倍大。

「那是變異種嗎？」

「……我既沒聽說過，也沒在資料中看過關於大野豬變異種的情報。那真的是大野豬嗎？」

聽到我的話，盧莉卡不解地歪歪頭，克莉絲也沒什麼自信。

但是除了膚色和腿的數量之外，外表幾乎都與大野豬相同。

「既然無法避免戰鬥，謹慎應戰就行了。」

「賽拉說得沒錯。等到靠近後，也把艾克斯召喚出來，我和艾克斯會偏重防守戰鬥。光、盧莉卡和賽拉，妳們三人先去打倒普通的大野豬。」

我決定請克莉絲和米亞負責輔助。

然後在親眼看到大野豬時，我切斷與影的同調，召喚出魔像核心・守衛類型——艾克斯。

米亞同時為我詠唱了保護魔法。

「主人，我們出發了。」

光她們離開了我們。

這是為了在我們引走大野豬的注意力後，從側面或背後發動奇襲。

光靈活地沿著樹枝在樹上移動，盧莉卡和賽拉則在樹木之間穿梭前進。

目送她們離開後，我讓艾克斯跑在前頭。

我讓艾克斯刻意跑得腳步聲大響，本來在戒備周遭的大野豬一起將目光投向艾克斯。

一頭大野豬發出低吼，開始衝向我們。

艾克斯看到之後停下腳步，舉起盾牌等著。

快速衝來的大野豬一頭撞上盾牌，發出巨大的轟鳴聲。

但艾克斯紋風不動。

大野豬還是試圖繼續前進，但牠蹬著的腳只是滑過地面，無法往前。

此時，光從樹上一躍而下，將短劍刺進牠的脖子根部。

大野豬發出短促的哀鳴，緩緩地倒在地上。

我迅速接近艾克斯要回收大野豬的屍體時，這彷彿是個信號，其他大野豬接連衝了過來。

艾克斯舉起盾牌，我也一邊舉盾，一邊詠唱召喚土牆的土魔法大地之牆，試圖阻擋對方的攻勢。

有的大野豬重重撞上大地之牆後停下來，有的撞破了土牆衝過來。

那些動作停下來或失去衝力的個體，被迅速接近的盧莉卡她們接連打倒；撞破土牆衝過來的大野豬則在我們用盾牌擋住後，用光的攻擊或克莉絲的魔法確實一一打倒。

回過神時，只剩下一頭黝黑的大野豬。

【名字「——」　職業「——」　Lv「57」　種族「黑野豬」　狀態「變異・詛咒」】

這是鑑定的結果。

狀態變成了變異．詛咒。

詛咒？

我還來不及思考這件事，黑野豬就向我們衝過來。

可能是因為體型龐大，那股壓迫感是大野豬無法相比的。

艾克斯站在前方保護我們，舉起盾牌。

轟鳴聲響起，空氣震動。

艾克斯的身體被往後推，但在不久後就停了下來。

仔細一看，是繞到黑野豬背後的影用特殊能力延伸影子，束縛住了牠的身軀。

黑野豬激烈掙扎，卻無法逃脫束縛。

不久後，可能是體力逐漸耗盡，牠的動作慢慢變遲鈍。我們見狀，打算靠近牠給予最後一擊的瞬間，黑野豬發出咆哮。

彷彿在呼應咆哮聲，發生了異變。

「大家退後！」

米亞大喊的同時，本來靠近準備給予最後一擊的我們往後跳。

「主人，腳下。」

聽到光的話，我看向地面，看見以黑野豬為中心，原本青翠茂盛的野草逐漸枯萎。

枯萎範圍慢慢擴大。

與黑野豬對峙的影和艾克斯……似乎沒有受到影響。
艾克斯用一隻手重新舉起盾牌，另一隻手則抽出插在腰際的劍，展開反擊。
但是，牠揮下的劍無法劃破黑野豬的外皮，反倒被彈了回來。
威力不足？
沒這回事，艾克斯本來的力量強大到普通冒險者完全不是對手。
但既然攻擊無效，就需要由擁有更強大力量的人進行攻擊。
賽拉肯定能做到，但感覺接近牠很危險。
那就應該由能夠使用盾牌，在發生狀況時可以應對的我過去。
當我下定決心、正要踏出一步時，米亞阻止了我。
「空，等等。」
米亞跑向我這邊，對我詠唱了祝福。
詠唱結束後，她這次發動聖域。聖域的範圍漸漸擴大，覆蓋周遭一帶。
青草枯萎的趨勢停止了。
我見狀靠近黑野豬，為祕銀之劍賦予光屬性後揮下劍。
我的劍沒受到任何阻力，輕易砍下了黑野豬的頭顱。
看著黑野豬倒下，我不禁發出安心的嘆息。
然後我注意到的是，米亞為我施加的祝福效果消失了。

我察看狀態值面板，發現我處在輕度的詛咒狀態。

身體狀況之所以沒有變得極其糟糕，是因為我有異常狀態抗性技能，但還是有種倦怠感。我認為這也跟我對詛咒沒有抗性有關。

我對自己詠唱恢復後，再次看看周遭。

只有倒下的黑野豬身周的青草枯萎了，牠原本所在的地方沒有發生同樣的現象。

「米亞，難道妳早就知道有詛咒的效果，那時候才阻止了我？」

「……雖然不太確定，但我感覺到有某種不好的東西……所以……」

米亞似乎也解釋不清楚。

「不過真是得救了，因為我對那頭黑野豬進行鑑定時，狀態有顯示出詛咒，但沒想到牠會對我發動詛咒攻擊，而且效果看來相當強大。」

只是在那段短暫的時間裡靠近牠，米亞的祝福就失效了，所以詛咒的威力很猛烈。

「空，你說的黑野豬是指那頭魔物嗎？」

克莉絲在我和米亞交談時出聲詢問，我回答：「沒錯。」

接著克莉絲似乎很是困惑——

「我第一次聽到這個名稱。還有這頭野豬的模樣，我也不曾在資料中看到過。」

她對我這麼說。

我再度對黑野豬進行鑑定，狀態已變成「死亡」，所以我決定暫且存放進道具箱裡。

「不過，詛咒……我也中了詛咒，所以我想這應該是詛咒的影響，這裡的地面該怎麼處理才好呢？」

仔細一看，不只是野草枯萎，附近的樹木也腐爛了，地面的顏色也變成了黑色。

「用聖域可以阻止侵蝕，那或許可以使用神聖魔法淨化？」

「……這個地方最好保持原狀也說不定。」

「克莉絲？」

對於米亞的提議，克莉絲制止了她。

「我認為我們最好先回到冒險者公會報告這件事。他們可能會說要進行調查，也可能不相信我們的說法，到時候最好有東西可以當作證據。」

的確正如克莉絲所言。

「說得也是，這麼做比較好。」

戰鬥結束後去探索周遭的盧莉卡她們正好回來，並認同克莉絲的話。

她們的表情有點凝重，眉頭緊鎖。

「你們三個也跟我來，有些東西想讓你們看看。」

我們在盧莉卡的帶領下開始移動，然後看到了那個景象。

米亞和克莉絲倒抽一口氣的聲音響起。

「主人，那個有種不好的感覺。」

和光一起行動的希耶爾也點點頭。

眼前是腐爛的草木，還有好幾頭大野豬……似乎未能完全成形的黑野豬？的屍體倒在那裡。

有的有六條腿，也有看似在成長途中死亡的短腿個體。

可能是經過了很長一段時間，每一具屍體都開始腐爛了。

「我們靠近看過後感覺很不舒服，所以就馬上離開了，不過我覺得最好趕快回去報告。」

「說得對。」

「可是要怎麼辦？有人留下來監視比較好嗎？」

這種狀態似乎已經持續了好幾天，所以我認為即使離開一兩天也不要緊，但出於在意而問了一下。

「雖然我覺得不會有事……但這麼說也是，我和賽拉回去報告一聲吧！這樣也許比較快。」

如果只有她們兩人用跑的回去，速度的確會快很多。

我和光可以順利跟上，但米亞和克莉絲應該很困難。

讓影載她們也是一個方法，不過我認為這次沒必要做到那個程度。

為了方便說明，她們決定把一頭黑野豬的屍體和看似受到汙染的枯草，以及泥土裝進道具袋裡帶走。

我們目送兩人離去後，暫且在屍體周遭張設了護盾魔法，然後離開那個地方。

為了能隨時確認情況，我也不忘讓影待在可以一覽現場的地點待命。

「這麼一來，這次打倒的大野豬也不知道能不能吃呢。」

我的話讓光和希耶爾大受打擊。

我也沒吃過大野豬的肉，所以感到很遺憾，但這次只能忍耐了。

「不過，原因是什麼呢？」

坦白來說，中了詛咒這種異常狀態的情況是很罕見的。

何況還是足以改變魔物外型的強大詛咒。

可能是出現了大量的不死生物，使這裡變成不淨之地，或是出現了巫妖等級的不死生物高階種……我使用察覺魔力調查周遭，卻沒有找到這類反應。

其他能想到的理由……有什麼呢？

我搖了搖頭，暫時不去思考。

盧莉卡她們找來的人應該會進行調查，現在先做我們能做的事吧。

所以我和光去收集可當作柴火的木材，同時調查周遭環境，克莉絲和米亞則在據點工作。我也讓艾克斯留下來待命擔任護衛，如果發生什麼事，克莉絲應該會對牠下達指示。

◇◇◇

在我們分開後，盧莉卡她們過了兩天才回來。

以距離來說，我本來以為她們隔天就會回來，所以很擔心是不是出了什麼事，但好像是公會看到盧莉卡她們帶回去的證據後很重視這個問題，做了各種準備，結果比較晚踏上回程。聽說同行者中還有鍊金術公會的人。

我帶著調查人員前往我中了詛咒的地點。

然後他們花了一天進行調查，但結果是什麼原因造成的仍然不明，只留下了謎團。

「……我們已經取得了足夠的樣本，接下來就是讓這裡恢復原貌的方法了。」

「只能請教會派人過來了吧？」

聽到調查員們的對話，米亞說她會使用神聖魔法，於是他們拜託她施法。

但是從他們的說話口氣，我感受到了他們不怎麼期待的言外之意。

這應該是因為現在的米亞沒有任何頭銜吧。

米亞似乎也察覺到了，但沒有流露出在意的樣子，使用了神聖魔法的祝福和聖域。

大概是因為對米亞來說，只要能治癒詛咒狀態就好的念頭十分強烈。

「不愧是米亞。」

「這樣就放心了。」

「嗯，真不愧是米亞姊姊。」

「看起來沒有問題。」

能從同伴們讚不絕口的話語中聽出來，米亞以神聖魔法進行的淨化工作順利成功了。

「米亞，辛苦了。」

我也用鑑定確認過了，應該沒有問題。

調查員們見狀也假惺惺地來向米亞道謝。

在那之後，我們一起回到城鎮，將一開始打倒的黑野豬和大野豬屍體交給公會，大野豬的討伐委託就此結束。

……關於後續的情況，據說他們最後要處理採集回來的草木和土壤時，因為需要淨化而請教會派來司祭。

但那位司祭的神聖魔法無法完成淨化，最後困擾的公會只好從聖王國請高階的司教過來。

◇◇◇

訂製的裝備完成了，我們終於出發前往山岳城市拉克提亞。

我再次眺望山脈，雄偉的山脈在眼前拓展開來。

看到那壯觀的山巒，我不禁屏息。

以前在另一個世界時，我也不曾近距離看過這麼巨大的山。

雖然在影片中看過，但是親眼見到的震撼力截然不同。

「那我們出發吧。」

我們在登山之際，訂下了幾條規則。

這些規則是聽過曾實際登上山脈的冒險者講述經歷後決定的。

最重要的是不要勉強自己。

尤其是每個人如果感到疲倦就要提出。

因為我有漫步技能的幫助，即使登山，應該也不會感到疲勞，所以不了解這方面的感受。

另外，也是因為這次登山會由我帶頭，我很難回頭確認身後眾人的狀況。

之所以會由我帶頭，是因為登山技能會告訴我應該走哪裡，並指出危險的地點。我會不清楚後方同伴的情況，則是因為登山步道寬度狹窄，需要排成一列移動。

「克莉絲，妳沒事吧？」

我也沒有忘記不時停下腳步，回頭呼喚。

山路基本上是緩坡，但偶爾也會遇到陡坡，而且路徑並不是筆直往上，而是左右蜿蜒前進。

走陡峭的山路時，我會一個人先爬上去，設置好繩索再讓大家爬上來。動作敏捷的光可以輕鬆地爬上來，但我請她克制一下。

「我還以為已經爬到了很高的地方，但根本沒有呢。」

在山路途中，每個要地都設有休息用的空間。

我在休息時俯瞰下方，我們走了很長一段距離卻根本沒有前進，這是我真實的感想。

只是現在如果心急地偏離山路、試圖攀登陡坡，可能會發生重大意外。

「這裡不是一兩天就能爬上去的地方，腳踏實地前進吧。」

我對盧莉卡她們這麼說後結束休息，再度向前走。

在那之後我們也休息了幾次，決定吃午餐。

米亞她們看來已經沒有體力做菜了，因此這次是我一個人做飯。

還有精神的人只剩下我……和希耶爾嗎？

希耶爾吃下分量多得令大家傻眼的大量食物後，可能是心滿意足了，她鑽進我的兜帽裡進入午睡時間。

「呵呵呵，希耶爾真是沒變呢。」

盧莉卡覺得有趣地笑出來，克莉絲她們也跟著笑了。

因為看到她太過自由的模樣，大家都重新露出了笑容，這時候是不是該稱讚希耶爾呢？

離開城鎮的三天後，我們抵達了半山腰。

因為這裡可以野營的地方有限，需要調整一天內前進的距離。

途中也發生過危險的狀況。

我們遭遇了落石。

突然的地鳴聲讓我抬起頭，就看到好幾塊岩石滾落下來。

我們為了躲避而急忙移動，卻怎麼樣也躲不掉其中一塊岩石。

那塊岩石的大小與黑野豬相比也毫不遜色。

照這樣下去，後面的兩人……賽拉和盧莉卡會被落石波及。

「趴下！」

有人發出驚叫似的聲音。

我大吐出一口氣，集中意識。

重點在於時機。

我往前伸出手臂，擺出便於想像的姿勢。

這是我第一次嘗試對移動中的物體使用，但之前曾練習過。

目前轉移技能的等級是3，岩石已進入技能的有效範圍內……就是現在！

我發動轉移，逼近而來的落石從賽拉她們眼前消失，彷彿越過了她們，出現在下方並滾落。

看到那一幕，我大吐出一口氣。

看樣子成功了。

至今為止，我可以用轉移技能移動用手碰觸著的物體，但隨著技能升到3，也能轉移沒有用手碰觸的物體了。

不過，由於有效範圍還不大，需要與落石拉近距離才能發動。

另外也有限制存在，消耗的MP比轉移用手碰觸的物體多出一倍。

「謝謝你，空。」

「得救了。」

不過，她們兩人安全無事就好。

我想平常就使用技能，測試技能可以做到什麼很重要。

◇◇◇

在降雪地區，首先是純粹十分寒冷。

呼出的氣息都是白的。

從這裡開始，我們換上適合雪山的禦寒裝備，但還是很冷。

「一片純白……」

「光，妳是第一次看到雪嗎？」

「雪？嗯，是第一次……好冰……」

光脫下手套，用手直接觸摸雪後冷得身體顫抖。

據光所說，艾雷吉亞王國不曾下過雪。

她深感興趣地捧起雪，確認雪的觸感，啊，她撲進了雪地。

我第一次看到雪時好像也很興奮，但沒有那麼雀躍……應該沒有。

「主人，手好冷。」

光著手直接摸雪當然會冷啊。

「這裡的風很冷。」

「好難走。」

「雖然已經適應了，但行動會受到一點限制呢。」

「不過空做的這個好暖和喔。」

「是啊，手腳都暖呼呼的。」

還有，我們需要適應在雪地上行走。

除了光，其他人都體驗過雪，但這裡的雪質似乎不同。

這裡的雪質堅硬，硬要說的話，更像冰塊。

「問題是出現魔物的話，要怎麼辦啊？」

正如盧莉卡所說，在雪地中比想像得還難行動。

由於雪質堅硬，所以腳不會陷入雪中是很好，但需要注意避免滑倒。

鞋底姑且有裝鞋釘，但感覺幾乎沒什麼作用。

是因為不習慣嗎？

我本來想過在最糟的情況下，仰賴影和艾克斯戰鬥也是個方法，但我召喚出牠們後，牠們因為重量而沉進了雪中。

而且我們發現越往上走，雪層越厚。

這樣沒辦法在降雪地區使用魔像。

那一天，我們花時間練習在雪地上行走，順便活動身體，進行了模擬戰鬥。

「不行，我喘不過氣。」

「嗯，我累了。」

「這樣很吃力啊。」

只活動了大約平常一半的時間，盧莉卡她們就坐倒在地。

雖然一方面是因為空氣變稀薄，但將注意力集中在腳下似乎讓她們格外疲憊。

「空，你不要緊嗎？」

米亞看到我以同樣的方式行動，擔心地過來問我，但我毫無任何問題。

登山技能帶來的助益很大。

特別是在雪地上移動時，輔助功能也會發揮作用，讓我知道要把重心放在哪裡和如何移動。

話雖如此，要對光她們所有人提出這些建議很困難。

再說即使有輔助功能，如果沒有平行思考技能，我應該也無法如此行動自如。特別是動作越劇烈，也會接連湧入更多資訊，所以我需要瞬間做出判斷。

我本來以為這下子如果出現魔物，基本上只能由我來戰鬥了，但不知道是這個世界的人體能很好，還是適應能力很強，在不斷確認動作的過程中，光和賽拉也能在雪地上行動了，當然不能跟平常一樣就是了。

「為什麼妳們兩個這麼容易就可以行動了？」

「我聽從了主人的建議。」

「正是如此。」

不不不，我沒有說什麼了不起的建議啊。

盧莉卡也一直努力到最後，但她終究無法像兩人一樣靈活地行動，正因此感到沮喪時，受到了希耶爾的安慰。

經過一番討論，我們決定在遇到魔物時由光和賽拉上前迎戰，我和盧莉卡則往後退。

在那之後，我們繼續爬山，朝作為標記的樹木前進，並且在路上遇到了三次雪狼和一次雪歐克，與其戰鬥。

最後那一天我們決定折返，離開積雪地區休息。

因為我們打倒了雪狼，想要解體雪狼取得皮毛。

光和希耶爾這一人與一隻，似乎是對雪狼的肉有興趣就是了。

「這就是冒險者們說的樹嗎……」

十分奇妙地，只有這棵樹上沒有積雪，聳立在大地。

我們經過那棵樹的瞬間，景色為之一變。

「不會吧……」

那道聲音不知道是誰的……那句話應該代表了大家的心境。

走過樹旁的瞬間，暴風雪襲向我們。

這種感覺……與在地下城跨過樓層的時候很像。

實際上，當我們回到樹的另一邊，方才的暴風雪就像假象一樣消失了，天空萬里無雲。

反射陽光的白雪亮得令人目眩。

即使如此，這裡與地下城也有決定性的差異。

那就是可以透過ＭＡＰ顯示看到整座山。

「……太陽可能快下山了，今天就到此為止如何？」

我察看ＭＡＰ，告訴她們附近沒有魔物並詢問。

「……要不要試著再往前走一點？如果很危險，再回來就行了。」

「也對，或許我們需要適應一下環境。」

克莉絲似乎也贊成盧莉卡的提議。

之後我們走到樹的另一邊，但隨著接近山頂，天氣果然開始惡化。

我們一度考慮過折返，最後決定在暴風雪中野營。

在利艾爾，沒有人指點我們接下來該怎麼前進，所以我們只能自己思考。

還有，我決定摘下面具，因為戴著面具在暴風雪中會看不清楚。

而且在這座山上，應該不會有任何人看到我。

以距離來看，如果明天早上出發可以輕鬆地抵達拉克提亞，但路途應該沒有那麼容易。

不然我想不到利艾爾的居民不去拉克提亞的理由。

……雖然也有可能單純是沒有可以交易的特產而已。

「總之我會建造雪屋，今天就在那裡休息吧。」

「主人，雪屋是什麼？」

聽到我的話，光她們都疑惑地歪過頭。

我覺得比起說明，直接建造會更快，因此把手放到雪上，注入魔力。

做法跟使用土魔法建造房子一樣，只是把建造房屋的材料從土換成雪。

等形狀完成後，我進入雪屋內，從道具箱拿出木架，鋪在地面。

再在木架鋪上卡爾德的織物，地板就完成了。

這些卡爾德的織物，是我用創造技能以前一天狩獵到的雪狼皮毛製作的。

「好暖和。」

「就是啊！因為四周牆面都是雪，我還以為會很冷，卻不是這樣呢。」

克莉絲和米亞都坦率地表示佩服。

在那之後，我去了屋外一趟，在雪屋周圍築牆當作圍牆，還設置了陷阱。

只要張設護盾魔法圍住雪屋，即使遭到偷襲也能爭取時間。

儘管附近沒有魔物的反應，但這是為了保險起見。

因為我們已商量好今天不安排人力守夜，所有人一起好好休息。

吃完晚餐後，我對卡爾德的織物，以及用卡爾德的織物製作的手套與襪子賦予魔力，然後就寢。

「大家早安。」

「……早……」

「早安。」

「……早安。」

米亞和盧莉卡還在睡，除了克莉絲，其他人都精神不振。

光和賽拉說她們很在意暴風雪的聲音，沒有睡好。

我對她們使用鑑定，顯示狀態為輕度睡眠不足和衰弱。

「妳們還很累吧？」

由於兩人不甘情願地承認了，我們決定今天就這樣休息一天。

吃完早餐後，我製作了給她們用的床鋪，使用寂靜魔法籠罩住她們，這次完全遮蔽了來自外面的聲音。

剩下的我們……在盧莉卡和克莉絲的指導下練習解體。

「因為在瑪喬利卡時，空完全沒解體過，畢竟以後沒有像諾曼他們那樣幫忙解體的人了，所以我們來練習吧？」

盧莉卡最後可愛地歪著頭對我說，但身上帶著不容分說的壓迫感。

我們在盧莉卡的催促下走到雪屋外……嗯，有點冷。

但要在雪屋裡動手的話空間太狹窄，血也會弄髒環境。

而且克莉絲說她想嘗試一些事情，所以我們決定在戶外作業。

克莉絲來到外面後，舉起法杖開始詠唱。

看來她要使用精靈魔法。

我使用察覺魔力觀察情況，當克莉絲詠唱完魔法，圓頂狀的薄膜以她為中心展開，籠罩住我在雪屋周圍設下的圍牆。

圓頂狀的薄膜阻擋了暴風雪，也讓周遭的戶外空氣變得溫暖。

「雖然無法持續很久，但我想這樣會更容易進行作業。」

「這是……」

「是的，這是我請賽莉絲小姐教我的。啊，不過雪屋和圍牆會不會融化？」

「我會用魔力補強的，不要緊。」

聽到那句話，克莉絲似乎放心了。

「好了，那也做好準備了，我們開始吧？」

盧莉卡看起來非常開心，聲音也很雀躍。

現在想想，我有多久沒像這樣進行解體了呢？

好像和光一起開始旅行之後，就沒有做過了？

因為那時候如果狩獵到魔物，都是由光解體、我來做飯這樣分工合作的。

「喂，空，手別停下來。」

我沉浸在思緒中時挨罵了。

「不過米亞做得很好呢。」

「嗯，做得比空好呢。」

「謝謝，是小光和賽拉教我的。」

畢竟米亞對所有事都會全力以赴，對烹飪是如此，對學習戰鬥方式也是如此。

不過我也在解體的過程中，慢慢想起了做法。

剛成為冒險者時，盧莉卡和克莉絲曾一次又一次地教過我。

那段時間雖然短暫卻非常充實，我的身體似乎還記得怎麼做。

「空也是，只要想做就能辦到嘛。」

最後盧莉卡稱讚了我。

「雖然我沒看過米亞解體的情況，但以這種表現，審核時不會被扣錢。這是因為小光教得好嗎？」

「不是，盧莉卡，教得好的人是賽拉喔。」

「是這樣嗎？」

米亞那句話似乎讓盧莉卡純粹感到驚訝。

「……這個嘛，也許先告訴你們比較好。」

根據米亞所言，賽拉會擅長解體，是因為她在奴隸時期迫於需要而必須學會的。

討伐並解體魔物。

如果不會解體，就會遭受不講理的暴力對待。

因為討厭挨打，所以她拚命學習。

賽拉說過，那曾是她平凡無奇的日常生活。

連我也感覺得到，盧莉卡和克莉絲聽完後靜靜地怒火中燒。

「賽拉她啊，把那件事說得好像沒什麼大不了一樣。在聖都彌沙……當我遇到不愉快的事，情緒低落的時候，賽拉是最鼓勵我的人。當我想哭的時候，她都會陪在我身旁。」

據說那是在她們從聖都出發，前往坦斯村的途中發生的事。

在那之後我們默默地進行解體，雖然無法解體完全部，也完成了一定程度的魔物解體工作。

「那麼，馬上用這些肉來做料理吧。」

聽到米亞的話，最開心的是希耶爾。

我因為有想要確認的事情，把料理工作交給三人，走到圍牆外。

由於我有ＭＡＰ技能，即使獨自在暴風雪中行走也不會迷路，不過這樣會害大家擔心，所以我停下腳步。

儘管如此，我還是需要確認在這片暴風雪中能看得多遠，因此我把雪壓成一大塊，用以鍊金術製成的染料染色，朝山頂投擲出去。

雪塊大約飛到十公尺遠就看不見了。

據說越接近山頂，暴風雪就越猛烈，可以看見的距離可能會更短。

我確認鍊金術和創造的清單，看看能不能製作什麼有用的工具。

「肉！看起來很好吃。」

光的面前擺著用雪狼肉做的肉排，以及一碗加入許多雪歐克肉的湯。

她雙眼發亮地大口享用肉排，露出了笑容。

看到那一幕的希耶爾也咬了一口肉排，浮現陶醉的表情。

看到這一人與一隻的反應，我們也開始用餐，大啖美味的食物。

用餐結束後，大家開始談論賽拉的話題。

米亞毫無保留地大力讚美賽拉，讓賽拉十分不知所措。

當我與眼神四處游移、尋求幫助的賽拉對上目光，她害羞地立刻別開視線。

「我們就聊到這裡，早點休息吧，因為明天預計要離開這裡。」

聽到我的話，光說她很興奮，睡不著，不過米亞和希耶爾都去安撫她。

「空，你不休息嗎？」

「我做完道具就馬上去睡。」

這次似乎可以用鍊金術製作，所以我立刻開始製作道具。

【魔法繩索】
所需素材——繩索。血蛇皮。魔水晶。魔石。

完成的道具是魔法繩索。外觀與普通繩索無異，但有伸縮性，注入魔力能顯現出兩種效果。

第一種是繩索會發光。只不過正常發光的話，有可能會引來魔物的注意，所以這次我設計成只有佩戴具備夜視效果的魔道具才看得見。

第二種效果是繩索會變硬。主要的使用方式……頂多只有更方便拉扯嗎？

由於這次製作道具的主要目的是防止大家走散，所以我把繩索變堅固的功用當成附帶效果。

我將做好的繩索收進道具箱，用ＭＡＰ調查周遭的情況。

在暴風雪地區之所以幾乎看不到魔物的蹤影，可能是因為這個環境對魔物來說也很嚴苛。

準備完畢後，我決定去休息，為了明天的登山做準備。

隔天早上，我用魔法弄塌雪屋，向大家說明過魔法繩索的使用方法就出發。

可能是拜準備充分所賜，我們在暴風雪地區攀登時沒有出現大問題，順利通過了。

此外，我認為這是因為一直在爬山，使登山技能不斷升級，已經提升到能為我引導安全路線了。

暴風雪在我們穿過厚實的雲層後停歇。

雲層前方是一片晴空，我以全身感受著陽光。

視野變開闊，可以清楚看到連綿的山脈。

「那就是拉克提亞嗎……」

我順著克莉絲的視線望去，在山頂的下方不遠處有一個聚落。

比起城鎮，規模看起來更接近於村子，並被簡易的木柵欄圍繞著。

當我們走下緩坡，漸漸接近城鎮時，兩名男子一臉慌張地跑向我們。

「你、你們是翻越山脈過來的嗎？」

貌似守門人的兩名男子來迎接我們，驚訝得雙眼圓睜。

他們手裡握著的是……農具？

是打算當成武器嗎？

據他們所說，這是他們自出生以來，第一次有人從魔導國那一側過來。

據說這個拉克提亞起初是一棟供旅行者休息的山中小屋，隨著往來的人逐漸增加，最後才發展成一座城鎮。

另外，在這裡建立城鎮的另一個原因，是棲息在這座山上的動物。

那種看似羊的動物——穆頓的皮毛能用來製作衣服和地毯等等，有多種用途，肉則是極品美味。

而且大家都知道，只有在這座山的環境中飼養，才能培養出這種風味。

聽到那番話，光非常感興趣，而希耶爾只是聽到描述就流口水了。

我們被帶往鎮上唯一的旅館，當我們告訴旅館人員我們來自魔導國那一側，他們果然也非常驚訝。

「經常有人從龍王國那一側過來嗎？」

「不算頻繁，但有一位商人會定期過來購買皮毛和肉。」

他們還說，他們會拜託這位商人運送蔬菜過來。

由於這裡是高山地區，可以栽種的蔬菜有限，因此蔬菜在此地很珍貴。

「……我們也可以出售蔬菜嗎？相對的，我們想買穆頓的皮毛和肉。」

聽到我的話，旅館老闆娘一臉狐疑，不過當我從道具箱拿出幾種蔬菜給她看，她的眼神就變了。

實際請她試吃之後，她表示會介紹放牧飼養穆頓的人給我們。真不愧是洛奇亞生產的蔬菜。

之後我們在旅館用餐時，旅館端出了用穆頓製作的料理，那美妙的味道不輸歐克領主的肉。

我們都對那個味道十分滿意，但只有希耶爾因為不能吃而鬧彆扭。

隔天早上，我們在鎮上到處逛逛。

我們遇到的人都親切地過來打招呼，因為昨晚經由旅館老闆娘介紹，我們把蔬菜賣給了鎮民們。

看來蔬菜在這裡果然是相當珍貴的東西。

「可、可以摸嗎？」

「嗯，當然可以，不過輕柔一點喔。」

克莉絲詢問畜牧農家的男性後，他爽快地答應了。

「哇啊～」

克莉絲在碰到穆頓的瞬間發出奇怪的聲音。

那聲音讓大家的視線都集中在她身上。

她自己可能也察覺到了，連脖子都紅透了，但手還是繼續摸著穆頓。

大家見狀也湧向穆頓。

我也靠近一隻懶洋洋地打著哈欠的穆頓，摸摸牠的毛。

穆頓的毛很蓬鬆，只是把手放上去就會漸漸陷進去。觸感很柔軟，這種皮毛如果做成寢具，感覺能睡得很舒服。

「請、請問，我、我可以抱抱牠嗎？」

當我摸著穆頓，享受舒適的手感時，聽到了這句話。

看樣子是米亞正在逼問畜牧業農民？

可能是被那股氣勢震懾，畜牧業農民點點頭，米亞就抱住穆頓……浮現陶醉的表情。啊，她還用臉頰磨蹭。

女生們看到這一幕，也開始模仿。

「年、年輕人，你也很辛苦呢。」

雖然畜牧農家的男性對我這麼說，但我有點理解她們的心情。

我詢問他能不能把穆頓的皮毛賣給我們後，他說幾天後會幫穆頓剃毛，如果我們能停留到那時候，他願意出售。

「主人，有怪味道。」

「光說得沒錯，味道好刺鼻。」

當我們接近位於山邊的城鎮角落時，光和賽拉捏住鼻子。

我一開始不明白她們在說什麼，但走向光她們指出的方向後，我也聞到了。

這種氣味是……

「喔，這不是賣蔬菜的年輕人嗎？你也來泡嗎？」

「難道這是溫泉嗎？」

「沒錯，疲勞會一掃而空喔！」

看來這裡是露天浴池，可以免費自由進入。

溫泉旁圍著三面木牆，面對山崖的那一側敞開，似乎可以眺望著下方廣闊的景色泡溫泉。他說這裡也沒有天花板，晚上還能眺望滿天星辰。

當然，浴池有男女之別，所以不是混浴。

「不會被偷看吧？」

克莉絲聽到這些話，看著木板詢問。

木板約有三公尺高，如果想偷看，的確看得到。

「哈哈，這個鎮上沒有人會做那種事啦。」

這麼回答的男子臉頰抽了抽，是以前發生過什麼事嗎？

「如果你們還是會擔心，晚上過來泡就行了，因為鎮上的人通常不會在晚上使用這裡。」

據說人們會在工作結束後泡溫泉，晚上享受喝酒……用餐的樂趣，所以在那之後不會來泡溫泉。

那麼晚上過來泡就行了吧？

但是在停留期間，我也想在白天也泡一次溫泉。因為晚上一片漆黑，雖然可以觀賞星空，卻無法眺望風景……有夜視技能就可以吧？

總、總之隨時都可以使用，早上來泡澡或許也不錯。

「主人，真的要進去這裡嗎？」

對光來說，這個氣味似乎很刺鼻。

「因為溫泉很舒服。」

雖然我不太喜歡泡澡，卻不知為何很喜歡溫泉。

「那是在另一個世界的事情嗎？」

米亞這麼問我，但她身旁的克莉絲也很感興趣。

克莉絲可能是有求知欲，當我偶爾提起另一個世界的事情，她經常會問我問題。

「嗯，溫泉聽說有各種功效，好像有種養顏美容的溫泉很受女生歡迎。」

我不是很了解，但當我說出經常聽到的詞彙，就被一連串問題轟炸了。
看來她們是對養顏美容一詞有了反應。
「那就得來泡澡了。」
「不，這裡的溫泉未必具有那種效果喔。」
「即使如此，如果能夠消除疲勞就值得一泡。」
那個人的確說過溫泉能消除疲勞。

吃完晚餐後，我們來到溫泉。
「空，別因為寂寞就進來這邊的浴池喔。」
盧莉卡這麼調侃我，不過有兩個人聽到後臉紅了喔。
我也不會做出因為那種事而失去信任的愚行啦。
我沖洗完身體，慢慢泡進溫泉中。
不禁發出嘆息。
啊啊，暖透心脾。
我伸展身體，背靠在浴池邊，擺出躺臥的姿勢，滿天星辰就在眼前展開。
雖然這是我來到異世界後常見的景象，但可能是因為來到高處，感覺星星很近。
希耶爾也靈巧地仰躺著，漂浮在水面上眺望夜空。
我靜靜地眺望夜空時，木板的另一頭傳來水聲，接著也傳來說話聲。

「啊～好舒服喔。」

「是啊，感覺真的消除了疲勞。」

「和普通的浴池好像又不一樣呢。」

「水有點黏稠。」

「嗯，不過還不賴。」

她們互相交流感想，不久後開始說起夜空有多美麗。

在那之後，她們聊得越來越熱絡。

她們平常也會泡澡，但可能是第一次在這種開闊的地方一起泡澡，所以十分興奮。

或許是因為如此，聊天的內容慢慢變得有些危險。

她們是不是忘了我就在木板的另一邊？

「……啊～我聽得見聲音喔，對。」

我這麼說完，木板的另一邊傳來慌張的氣息。

「「你聽到了嗎！」」

「我聽到了。」

因為聽見有人焦急的聲音，我這麼回答，以聲明自己的清白。

雖然還想多泡一會兒，但我決定今天就此離開。

既然隨時都可以泡溫泉，明天早上再過來就行了。

『希耶爾，妳想怎麼做？』

當我這麼問道，她轉頭看了我一下，但似乎選擇繼續漂浮在水面上。

我獨自離開溫泉、換好衣服後，決定在大家出來之前散散步。這是在腳踏實地累積經驗值。

夜晚的拉克提亞……旅館所在的方向人聲鼎沸，但其他地方很安靜。除了偶爾吹過的風聲，幾乎聽不見其他聲音。

走了一會兒後，希耶爾朝我飛過來。

看樣子是米亞她們泡完了溫泉，所以她來叫我了。

當我與她們會合時，大約有三個人臉紅耳赤——

「主人，回去吧。」

但態度一如往常的光拉著我的手，我們一起返回旅館。

抵達拉克提亞的第五天，今天我也在早晨泡了個澡。

老闆娘來通知我們明天要為穆頓剃毛，所以在這裡的日子也所剩不多了。

我和光向畜牧農家的男性借用角落的土地，在那裡示範製作培根的過程給拉克提亞鎮的男人們看。希耶爾聽到要做培根，也衝到我們身邊。

米亞她們則要去參觀加工穆頓皮毛的地方。

「這樣就是培根了嗎？我們也能製作嗎？」

「方法沒有那麼複雜，學會以後就很簡單的。」

我告訴他們自己是旅行經商時，在路過的村子學到了製作方法，也把製作方法教給大家。

至於為何拉克提亞的男人們會對製作培根充滿興趣，那是因為旅館的廚師（聽說是老闆娘的丈夫）會烹調培根，做成美味的下酒菜。

那種調味濃郁的培根也適合做成三明治，所以我也向他們學習了烹調方法。

由於今天要用穆頓肉來製作培根，我在鎮上打聽可以用火的地點時，男人們就聚集過來了。

「接下來只要等了嗎……這樣看起來，我們的確也做得出來呢。」

男人們這麼說著，臉上浮現笑容。

在等待培根完成的空檔，我與那些男人聊天打發時間。

感覺他們發了許多牢騷，可能是過得很辛苦？

不知為何，他們告訴我要好好選擇結婚對象。

「不過，不顧著穆頓不要緊嗎？」

穆頓基本上似乎是放牧飼養，早上把牠們放出牧棚後，除了打掃牧棚之外，幾乎沒有別的工作要做。

「穆頓很聰明，會自己移動吃草，也會適度地運動，照顧起來並不麻煩。因此我們的工作就是打掃牧棚，還有檢查有沒有生病的穆頓。」

其他不負責照顧穆頓的人似乎也提前做完了工作，為今天空出了時間。

只要把自己負責的工作做好就不會受到抱怨，所以他們似乎都努力做完了工作。

「不過呢，因為是放牧飼養，所以偶爾……真的很偶爾，穆頓也會不知道跑到哪裡去。」

「是啊，還有儘管很少發生，但也會有害獸造成損害。今年就在時隔好幾年發生過幾次。」

據說大約在我們抵達拉克提亞的一個月前，有兩頭穆頓失蹤，還有一些農作物遭到破壞。這個狀況持續發生過好幾次，聽說鎮民們因此加強巡邏。

「所以你願意賣蔬菜給我們是幫了大忙。」

所以他們才會那麼高興嗎？

「那現在沒事了嗎？」

「嗯，可能是因為我們連日以來都保持警戒，沒有再發生損害了。當時我們因為好幾年都沒遇到這種情況，慌張極了。」

「對啊，我還因為這樣被老媽罵了，她叫我要冷靜一點，這樣太沒出息了。」

他所說的老媽，似乎是指他的妻子。

之後大家也繼續聊天，由光老師介紹各個城鎮小吃攤和美食的排行榜大受好評。

「還有，主人做的飯也是絕品。」

由於大家對光的這句話表示懷疑，光就鼓起臉頰，要我從道具箱拿幾道料理出來。

因為我賣蔬菜給他們，這裡的人們認為我擁有高性能的魔法袋，所以我可以正常地拿出事先做好的料理。

男人們吃了那些料理後露出驚愕的表情，向光道歉。

光見狀似乎很滿意，高興地笑了。

在那之後我們也繼續聊天，我聽說鎮長去過路弗雷龍王國的首都阿爾提亞，便請他告訴我們那裡是什麼樣的地方。

「我為了辦一點事，去過那裡幾次，那裡是龍神大人的後裔居住的地方。」

根據鎮長的說法，阿爾提亞住著龍人族。

「據說繼承龍族血脈越濃的人，身上會出現越多鱗片和角等等龍的特徵，話雖如此，他們跟我們人類也沒有任何不同。喝到美酒會感動，吃到美食會高興地笑。」

鎮長告訴我們，他們是一群友善的好人。

第二天，我們體驗了幫穆頓剃毛。

也許是做過解體練習，我覺得我的手法很俐落。

在六人之中……雖然我是做得最差的，但畜牧農家的人還是有稱讚我喔。

「你們差不多要出發了嗎？」

「是的，這麼長一段時間來，受到妳關照了。」

「要變寂寞了呢。」

老闆娘送給我們各種紀念品。

「空，再見啦。下次來的時候，也拜託你帶許多蔬菜……和美酒過來。」

與我成為朋友的鎮上男人們也對我這麼說。

其實除了販賣蔬菜，我也在這裡用酒以物易物。

酒是我離開瑪喬利卡時，以及到洛奇亞時買的。由於利艾爾只有販售我已經買到的酒，所以就沒買了。

至於本來不喝酒的我為何會帶著酒，是因為得到了賽風的建議。

「因為不同土地生產的酒，味道會不同，愛酒的人應該會非常想得到其他地區生產的酒。而且，除非有大容量的道具袋，酒的重量很重，所以運輸也很麻煩。」

賽風這樣解釋。

但他被誤會是在勸我喝酒，被優諾斥責了。

因為這樣，我拿帶來的酒交換了拉克提亞釀造的「穆頓之滴」。

這種酒的生產數量和生產條件嚴苛，所以我判斷其價值很珍貴，就給了他們一倍以上的酒換取五桶酒。

下次見到賽風時，要記得把酒給他。

我們告別之後，下山前往龍王國的城鎮……馬爾提。

龍王國的首都是被稱為空中城市的阿爾提亞，而馬爾提是連結三座山岳城市和龍王國境內的三個城鎮（包含阿爾提亞）的交通要衝。

因此聽說在龍王國境內移動時，那裡是必經的城鎮。

連續一段山路都是陡坡，盡頭處有一棟山中小屋。這個地方平常沒有人使用，聽說商人們前來做交易時會在這裡休息，所以拉克提亞的居民會定期過來維護環境。

從這裡往下走的路寬敞而平緩。

這條路可供馬車通行，所以商人們會搭乘馬車到剛才的山中小屋，將那裡當作據點，運送貨物到拉克提亞。

我們沒在山中小屋休息，繼續前進，但太陽已經下山，我們不勉強趕路，停下來露營。

第二天，我們來到視野開闊的地方，可以將龍王國境內盡收眼底。

最接近的城鎮是馬爾提，其前方彷彿漂浮在湖面上的城市就是空中城市阿爾提亞。

湖面宛如鏡子般倒映著天空，城市看起來就像浮在空中。我想起在拉克提亞鎮聽說過，那裡就是因此被稱為空中城市。

他們也說，馬爾提有一座只為了欣賞這個景象而修建的高塔這個趣聞。

還告訴我那宛如覆蓋著上空的綠色，是一棵大樹造成的。

考慮到登山時花費的時間，下山的路程簡直在轉眼間就走完了。由於龍王國全境與其他國家不同，位於高處，所以到山頂的距離比較短。

想到我們從魔導國那一側經過了降雪地區和穿越暴風雪的經歷，下山的路途非常輕鬆。

山路結束後，我們在大道上前進，於即將日落前抵達馬爾提。

抵達城鎮前，我也不忘戴上面具。

因為在山上時，我都摘下面具生活。

「徒步的旅行者嗎？還真少見。」

在城門前辦理進城手續時，守門人這麼說。

對方非常友善地對我們說話，但有一瞬間露出銳利的眼神。

但那真的只有一瞬間，他馬上恢復成原本的表情，我們則順利地進入了城鎮。

閒話・3

阿爾提亞城的一間房裡，當我眺望著可以從窗口望見的大樹時，有人向我搭話。
「讓他們去好嗎？」
「……阻止也沒用吧，而且這會是很好的經驗。」
我回答穿著輕鎧甲的阿爾芙利德。
她皺起眉頭，但立刻恢復原木的表情。
雖然她一臉冷靜，不過我可以感受到她的擔憂。
因為對阿爾芙利德來說，那兩個孩子也很重要。
如果他是一個人前往，我也會擔憂，但那孩子也跟去了，我想先看看情況。
「要派人跟著嗎？」
「沒必要吧。而且那孩子的直覺很敏銳，一定會被發現的。」
這樣就沒有意義了。
而且對那兩個孩子來說，這座城市可能有點太小了。
也有可能阻礙他們成長。
「起碼在這個國家內，我都看得到，而且有些事也讓我很在意。」

雖然我這麼說，但我的力量已不如從前。

我明確地感受到力量年年衰退。

正因為如此，我才會不由自主地對那個孩子……那些孩子寄予厚望。

「您在意的事情是盜賊的事嗎？」

「那也是一部分。」

依這種感覺看來，不是尋常的盜賊。

不知在哪個時代、什麼地方，我也曾感受過類似的感覺，但我想不起來。

「那麼，是他所說的那些人嗎？」

異世界的少年嗎……

聽他闡述計畫時，我也很驚訝，但我很猶豫該不該把不是這個世界的人牽扯進來。

我知道他們的願望……但對我來說，心裡五味雜陳。

我帶著怨恨和罪惡感，近一百年來不停自問自答，卻還沒有找到答案。

而且……

「如果您煩惱，那去親眼確認看看如何？」

「要怎麼做？」

「……試著與他們戰鬥？」

嗯，這或許的確可行。

而且據說聖女也與他們同行。

想起那件事，我不禁握緊拳頭。

咳咳。聽到咳嗽聲，我回過神來。

「抱歉。」

「沒關係……」

……試試看吧。

雖然殘酷，但那是已經無法避免的命運。

那麼，由我親自確認他們有沒有反抗命運的力量，也是種樂趣吧。

而且我想知道，到了那一刻，他們會給出怎樣的答案。

因為我當時……只能旁觀……

我瞥了一眼阿爾芙利德——

「請您不要在意。」

她簡潔地回答。

真堅強。看到她的態度，我直覺地這麼認為。

第3章

「哎呀，你已經醒了嗎？疲勞都消除了嗎？」
我來到餐廳時，老闆娘驚訝地問我。
聽說從其他國家翻越山脈，造訪此地馬爾提的人，在住宿的第一天大多都會睡到很晚。
「因為外面很吵，或許是受到這個影響。」
實際上，我覺得我醒來的原因是來自外面的響亮噪音。
「啊啊，原來如此，因為今天船會抵達。」
「船？」
「是來自阿爾提亞的定期船。啊，你知道船是什麼嗎？」
我點點頭，老闆娘就說我知識真豐富。
馬爾提鎮位於湖畔，會有來自阿爾提亞的船隻來往。
話說回來，我走過了王國、聖王國、魔導國，都沒有聽說過關於船的事情。
「那班定期船會運送各種物資過來，所以他們應該正在準備接收貨物。」
據她所說，龍王國的糧食幾乎都是以來自阿爾提亞的物資供應。
「這片土地好像不容易培育農作物，能收成的產量很少。」

地勢位於高處的環境或許對此也有影響。

「那艘船會在幾點抵達呢？」

「中午的時候吧。方便的話，你可以過去看看，因為船並不會常常來。」

「我會去看看的。」

「還有……昨天是我丈夫不對。」

「不，誤解已經解開了，多虧於此，兩位也為我們做了一頓豪華的大餐。」

聽到我的話，老闆娘露出為難的表情。

在那之後，我與已經起床的大家一起用餐，把老闆娘告訴我的事告訴大家後離開旅館。

我們首先前往的是商業公會。

我在商業公會打聽奴隸商館的位置，對方回答我們在這個城鎮……正確來說是這個國家裡沒有奴隸商館。

只是，這裡並非完全沒有奴隸。

路弗雷龍王國會保護、釋放在各國受苦的奴隸。

他們保護的奴隸，是戰爭奴隸和一部分的債務奴隸等因為不合理的原因淪為奴隸的人。

因此路弗雷龍王國基本上不會保護犯罪奴隸等沒有改過餘地的人。

而奴隸會被集中收容在首都阿爾提亞。

他們好像會在那裡度過幾年，之後會決定要返回出生的故鄉，還是在這個國家繼續生活。

因為有這樣的背景，這個國家有許多曾受到虐待的前奴隸，對奴隸的話題很敏感。

昨天我們會在旅館發生爭執，是因為光戴著證明奴隸身分的項圈。

「不好意思，我不能讓帶著奴隸的人留宿，滾出去！」

我聽說過帶著奴隸會給人不好的印象，卻沒想到會被如此嚴詞拒絕。

即使我想跟老闆談談，他也擺出根本不願意聽的態度。而老闆娘聽到騷動後出現，我向她說明光是被魔物毀滅的村子倖存者，她想跟隨保護了她的我旅行經商，所以我們締結了特殊奴隸契約，才終於解開誤會。

這個設定是起初締結特殊奴隸契約時用過的說法吧。

「抱歉，我沒想到會有這樣的苦衷。」

老闆也為他只看到項圈，沒有注意到她是特殊奴隸的事道歉。

「那就代表要找奴隸的話，需要去阿爾提亞嗎？」

「嗯～這可能很困難，因為要前往阿爾提亞需要領主大人的許可證。而且現在的領主大人，那個……好像對其他國家的國民特別嚴格。」

接待我們的商業公會女職員一臉抱歉地說。

聽到那句話，我們面面相覷。

最後她說會幫忙向阿爾提亞的商業公會詢問，所以我們告訴她愛麗絲的情報，然而……

「我沒有聽說過有精靈呢……就算有也未必能得到答覆，這樣可以嗎？」

她這麼回答。

在那之後，我們走向碼頭。

主要是去參觀定期船，但聽說這一天會有許多工人聚集在碼頭，所以也會有許多露天攤位在那裡做生意。

「主人，會有好吃的東西嗎？」

聽到要去逛露天攤位，光興奮不已。

這一點希耶爾也一樣。

看到一人和一隻的反應，米亞她們也笑了。

當我們走近碼頭，喧鬧聲變得更大了。

有些男人忙碌地到處奔跑，一部分可能是工作告一段落的人，正悠閒地逛著攤位吃東西。

走近露天攤位時，可能是因為客人還不多，我們被捲入了激烈的叫賣大戰中。

不需要那麼拚命叫賣，我們也會從角落依序逛一圈的。我一邊這麼想，一邊逐一逛過每個攤位。

因為大多數攤位都會提供試吃，我們一路購買其中受到大家好評的食物。

每當我們購買，就會有人發出類似哀鳴的聲音，大概是老闆們以為客人在其他攤位買了料理，就不會光顧他們的攤位了。

而且第一個攤位賣的好像是用穆頓肉做的料理，因為非常美味，我們買了超過人數的分量。

不過可惜的是我們的購物不會就這樣結束喔。

看到我們一攤一攤地逛過去，一路購買分量明顯多到吃不完的料理，攤位老闆們不知何時停下叫賣，迫不及待似的等著我們。

看來他們察覺到了我們會依序逛攤位。

不過，我們也不會在所有攤位都買食物。

因為這裡有一位無情的裁判。

若是光不點頭，我們就會遺憾地走向下一個攤位。

攤位老闆們可能明白了這一點，屏息關注著我們的動向。

因為光嚐到美味的料理時，會坦率地露出笑容。

若是她吃下一口仍面不改色，老闆們就感到絕望，如果她浮現笑容，老闆們就感到歡喜。

好幾個在碼頭工作的人也開始看著這奇怪的景象，但光毫不在意似的走向下一個攤位。

然而此時，光突然停下腳步。

因為她看到攤位上擺著的一堆串燒。

只不過那和平常的肉串不同。

「這個是什麼？」

「啊啊，你們是新面孔呢，第一次來這個國家嗎？」

聽到那句話，光點點頭。

「那妳應該是第一次看到吧。這是……」

「這是魚……對吧？」

「沒錯，年輕人，你知道魚啊？」

「是啊。」

那毫無疑問是烤魚。

我買了一串吃一口，是鹽烤魚。

那個滋味……若要問我是不是格外美味，我會回答我在這個世界吃過更美味的東西。

可是那種令人懷念的味道讓我忍不住差點流淚，抬頭仰望天空。

光看到我的反應，好像誤以為烤魚非常好吃而吃了一口，但似乎不如她期待得美味。

「普通……但是……還不賴？」

看到她微妙的表情，老闆還以為會賣不出去而感到沮喪，但我買了一大堆，讓他喜出望外。

順帶一提，魚料理似乎很少見，據盧莉卡她們所說，她們只有在拉斯獸王國見過，這次是第一次吃到。

我們征服了所有露天攤位後，爬上攤位老闆們告訴我們的高塔。

我們詢問哪裡適合看船，他們就告訴了我們那個地方。

那裡不僅可以看船，據說也是能欣賞空中城市阿爾提亞美景的景點。

我們爬上塔的最頂端，看到了被湖泊環繞的阿爾提亞。

有人說過「聽說是一回事，親眼看到又是另一回事」，正是如此。

「真美，真的就像浮在空中一樣。」

聽到米亞的呢喃，克莉絲也露出陶醉的表情。

就連基本上只對食物感興趣的希耶爾都驚訝得瞪大雙眼。

「那棵樹也很驚人呢，巨大得就像包裹住阿爾提亞一樣。」

正如盧莉卡所說，從這裡看到的阿爾提亞城市，除了圍繞著城市的圍牆之外，看起來只像是一棵長得遠比圍牆還高的巨大樹木。

那棵樹大展枝葉，看來宛如一把傘。

我們眺望了一會兒這片景色，能遠遠望見的圍牆緩緩打開。

接著出現的是一艘大型船。

那艘船緩緩地駛動，朝這邊行駛過來。

那不是帆船，看起來也不像是使用船槳划動的。

我疑惑地心想船是如何運行的，同時望著船隻抵達馬爾提的港口。

船靠岸後，工人設置好跳板，貨物陸續被搬運下船。

由於貨物數量很多，聽說這項作業會持續兩天。

「主人，我餓了。」

看著搬運作業時，光拉了拉我的袖子。

她似乎就如她所說，餓了，正撫著肚子。

在露天攤位試吃時，她應該吃了不少食物，但看來那些食物不足以填飽光的肚子。

雖然吃午餐還有點早，但我們下午預計要去冒險者公會，所以決定現在吃午餐。

「小光推薦的料理果然很好吃呢。」

「真是厲害。」

「嗯，肯定沒錯。」

受到盧莉卡她們誇獎，光也很高興。

「這個真的能吃嗎？」

反倒是米亞拿著我選的烤魚，小心翼翼地送到嘴邊。

結果……似乎是不難吃，但也不過如此。

果然是因為嚐過了上等魔物肉的味道，而且只用鹽烤過，調味簡單，所以可能感覺不滿足。

用餐完畢，我們休息一下後造訪冒險者公會。

公會裡冷冷清清。

是因為正值午餐時間嗎？

在盧莉卡她們三人去櫃檯打聽消息時，我們其餘三人看著貼在牆上的委託單，但委託本身就數量不多。

「好少委託。」

「就是啊，而且沒有討伐魔物的委託，真少見。」

的確完全沒有討伐魔物的委託。

目前只有採集藥草和護衛委託……以及討伐盜賊的委託。

感覺只有討伐盜賊的委託單紙張是新的。

「啊，盧莉卡。結果怎麼樣？」

「沒有比在商業公會打聽到的更有用的情報，啊，但是。」

「但是？」

「空正看的那個討伐盜賊委託，據說是由領主提出的。」

我再次察看討伐盜賊的委託單。

這位委託人叫沙德，這就是領主的名字嗎？

根據盧莉卡的說法，這陣子商人遭到襲擊的案件變多了。

「好像沒有人喪命，但有相當多人受害，而且最近受傷的人也增加了。」

領主也很重視這個問題，派出騎士團前往討伐，但由於盜賊神出鬼沒，未能發現他們。

「被襲擊的商人有共同之處，好像都是從馬爾提前往山岳城市拉庫齊卡、克羅瓦與伏爾克的商隊。」

拉庫齊卡是與聖王國國境相接的山岳城市，來路弗雷龍王國的人幾乎都會造訪那裡。

克羅瓦是位於湖泊西邊的城鎮，伏爾克則是位於東邊的城鎮。

據克莉絲所說，那些盜賊的活動範圍非常大。

可是，從其他城鎮前往馬爾提的商隊完全沒有遭到襲擊。

這麼說來，他們是盯上了從馬爾提運出來的商品嗎？

據說受害最嚴重的是從馬爾提前往山岳城市拉庫齊卡的路線。

既然是商人遇到襲擊，商業公會那邊可能會有關於盜賊的情報。

「雖然才剛去過，但可以去一趟商業公會嗎？我想打聽一下關於盜賊的消息。」

「……空，你不是在勉強自己吧？我覺得盜賊的問題可以交給騎士團或其他冒險者喔。」

盧莉卡擔心地問我。

盜賊……老實說，我不擅長與人對戰，特別是生死搏鬥，我希望儘量避免。

我回想起與那些黑衣男子的戰鬥。

想到會傷害到人的瞬間，我的身體就動彈不得。

這使克莉絲遇到了危險。

「別擔心，我不打算由我們去討伐盜賊。」

這是真的。

因為我最先想到的是，只要得知遭到盜賊襲擊的商隊規模及狀況，或許就能知道避免襲擊的方法。

如果盜賊的目標是貨物，那像我們這種看起來沒攜帶貨物的人就可能不會遇襲。

「是啊，也不曉得盜賊的問題會不會在我們離開這個城鎮前解決。」

盧莉卡似乎也接受了我的解釋。

「哎呀，你們是剛才來過的那幾位。」

再度造訪商業公會時，先前接待我們的小姐吃了一驚。

因為這裡不是一天會來訪好幾次的地方……嗎？

我不常來公會，所以對這方面不清楚。

「我們聽說了盜賊的消息，所以想要了解詳情。」

我說出來訪的理由後，她露出理解的表情。

「這個嘛，大約是從距今一個月前開始，有人遭到盜賊襲擊，不過這只是收到遇襲報告的時間。」

商業公會的人員這樣開始說道。

「被盜賊襲擊的人們，共通點都是從馬爾提前往其他城鎮時在途中遇襲，被搶走的貨物主要是食品和藥品類，藥水等等也包含在內，不過貴金屬等值錢物品幾乎都沒有被搶走。」

其他被搶走的還有武器，但據說那些不是商品，而是擔任護衛的冒險者的裝備。

「……他們的目的是什麼呢？」

這是我聽完後單純的疑問。

「老實說，我們覺得很困擾。而且被襲擊的人們其實也不了解詳細情況，證詞含糊不清，即使想問出盜賊的特徵，他們似乎也記不太清楚……」

據說他們就像記憶蒙著一層霧，忘了當時的情況。

因此盜賊的人數和規模都不得而知。

「還有其他情報嗎？」

「我想想……被襲擊的人都是搭乘馬車移動的人，很奇妙的是徒步移動的人不曾遇到襲擊。不過，這可能是因為盜賊判斷徒步移動的人沒攜帶多少貨物吧。」

雖說貨物不多，但也有可能擁有道具袋。

一般來說，反倒會認為攜帶少量貨物的旅行商人擁有道具袋。

所以我在移動時，也會揹著偽裝用的背包。

「還有，對了，萬一遇到盜賊襲擊的時候，請不要反抗。聽說只要遵從對方的要求，就不會受到傷害。」

「但我在冒險者公會聽說有人受傷？」

「啊～那些是反抗了盜賊的冒險者們。那個，他們好像是本領相當高超的人，於是動手反抗盜賊，但是都輕易地敗在盜賊手下。」

聽說那些冒險者中也有C級的老手。

我想了想還有沒有要在商業公會辦的事後，想起了兩件事。

「我想買月桂樹果實，請問在哪裡可以買到呢？」

月桂樹果實似乎是只能在路弗雷龍王國取得的特產，用鍊金術製成回復藥可以提升藥效。

「月桂樹果實嗎？非常抱歉，由於希望購買的人數眾多，目前需要排隊等候。月桂樹果實本來流通量就少，又因為被盜賊襲擊的案例增加，價格也上漲了。而且月桂樹果實不僅供應給商業公會，也會供應給鍊金術公會。」

即使價格上漲也供不應求，這代表月桂樹果實就是那麼有價值吧。

我瞥了希耶爾一眼，她露出絕望的表情。

「還有，我想出售酒……」

「唔！酒嗎！」

她探出身子詢問，讓我吃了一驚。

「沒、沒錯，是酒。」

「咳咳！請問那是哪裡產的酒呢？」

現在才補救也太晚了。

話說，這個人也像賽風一樣，是愛喝酒的人嗎？

「是魔導國的酒。」

我唸出放在道具箱裡的品牌名稱後，職員的眼睛……似乎亮了一下。

「魔導國嗎？難道說你是翻越那座山……經由拉克提亞過來的嗎？」

我點點頭後。

「你該不會有拉克提亞的酒……穆頓之滴？」

她如此問我。

那個也是要給賽風的紀念品啊。

當我這麼想時——

「怎、怎麼樣？」

她十分急切地詢問，讓我不由得別開目光。

那個動作似乎讓她判斷我有這種酒，更大聲地追問我。

不過別的職員聽到了這番對話，把她帶到別處去了。

「不好意思，她一提到酒就會有點……」

商業公會的公會長面露苦笑地向我道歉。

「那麼關於剛才的話題，如果你有魔導國的酒，也有穆頓之滴的話，我們很願意向你收購，你意下如何？」

據說穆頓之滴幾乎沒有流通在市面上，除了當作供奉給龍神的貢品獻給阿爾提亞之外，是極少流出拉克提亞鎮的一款酒。

鎮長說他去過阿爾提亞，是為了獻酒而去的嗎？

「這裡的領主也非常愛喝酒，很常詢問。」

商業公會也向拉克提亞的居民交涉過，但從未得到令人滿意的回應。

經過思考，我決定賣出幾種魔導國的酒。

不過，真虧拉克提亞的居民願意把平常不買賣的酒讓給我呢。

我們離開商業公會，之後順道去逛了許多商店，瀏覽商品。

我當然也在這裡購買了龍王國產的酒。

雖然也有販售其他國家的酒，但價格相差懸殊。

即使買下龍王國產的酒，數量比剛才賣出的酒多出一倍，花費卻比出售魔導國的酒後獲得的金額便宜，這應該是因為別國的酒就是那麼珍貴吧。

吃完晚餐後，我回到房間躺在床上。

我們直到剛才都在討論未來的計畫，得出了既然無法前往阿爾提亞，就只能等待商業公會答覆的結論。

「用穆頓之滴與領主交涉？」

腦袋裡冒出這個想法，但我立刻打消了這個不切實際的念頭。

雖說領主愛喝酒，我也不認為他會為此批准我們前往阿爾提亞。

我也向旅館住宿客們打聽過，但是他們告訴我，就連馬爾提的居民也只有極少數人去過阿爾提亞。

我思考過能不能搭船渡湖前往阿爾提亞，現在也得知那是不可能的。

據說可以搭船接近到一定程度，但以某個地點為界，會無法再往前進。

如果還是要強行前進，就會遭受天譴。

所以要前往阿爾提亞，唯一方法似乎就是搭乘那艘定期船前往。

那乾脆潛入船上吧？

但是從今天的作業情況來看，沒有機會能潛入，船上也有負責警備的人，應該行不通。

最現實的做法或許是抓到盜賊、立下功勞，但是……

我認為繼續獨自思考下去也沒用，決定確認狀態值後就寢。

姓名「藤宮空」　職業「魔導士」　種族「異世界人」　無等級
HP 570／570　MP 570／570（＋200）　SP 570／570
力量……560（＋0）　體力……560（＋0）　速度……560（＋0）

魔力……560（＋200）　敏捷……560（＋0）　幸運……560（＋0）
技能「漫步Ｌｖ56」
效果「不管走多少路也不會累（每走一步就會獲得１點經驗值）」
經驗值計數器　８９０１７／１３６００００
技能點數　２

已習得技能
【鑑定ＬｖＭＡＸ】【阻礙鑑定Ｌｖ５】【身體強化ＬｖＭＡＸ】【魔力操作ＬｖＭＡＸ】【生活魔法ＬｖＭＡＸ】【察覺氣息ＬｖＭＡＸ】【劍術ＬｖＭＡＸ】【空間魔法ＬｖＭＡＸ】【平行思考ＬｖＭＡＸ】【提升自然回復ＬｖＭＡＸ】【遮蔽氣息ＬｖＭＡＸ】【鍊金術ＬｖＭＡＸ】【烹飪ＬｖＭＡＸ】【投擲・射擊Ｌｖ９】【火魔法ＬｖＭＡＸ】【水魔法ＬｖＭＡＸ】【心電感應ＬｖＭＡＸ】【夜視ＬｖＭＡＸ】【劍技Ｌｖ９】【異常狀態抗性Ｌｖ８】【土魔法ＬｖＭＡＸ】【風魔法ＬｖＭＡＸ】【偽裝Ｌｖ９】【土木・建築ＬｖＭＡＸ】【盾牌術Ｌｖ９】【挑釁ＬｖＭＡＸ】【陷阱Ｌｖ８】【登山Ｌｖ７】【盾技Ｌｖ５】【同調Ｌｖ３】【變換Ｌｖ２】【減輕ＭＰ消耗Ｌｖ３】

高階技能

【人物鑑定ＬｖＭＡＸ】【察覺魔力ＬｖＭＡＸ】【賦予術ＬｖＭＡＸ】【創造Ｌｖ９】【賦予魔力Ｌｖ６】【隱蔽Ｌｖ６】【光魔法Ｌｖ４】

契約技能
【神聖魔法Ｌｖ６】

卷軸技能
【轉移Ｌｖ４】

稱號
【與精靈締結契約之人】

多虧在山中行走，漫步技能的等級升級了，但為了學習時空魔法，還需要再升１級。

已習得技能中，心電感應和土木・建築技能終於達到了ＭＡＸ。另外，也許是因為爬了山，我的登山技能大幅提升。

我確認到這裡就關掉狀態值畫面，決定去睡覺。

◇◇◇

船返回阿爾提亞後過了一天。

之前移動到港口的露天攤位都轉移到城鎮的中央廣場，馬爾提應該會恢復平時的日常生活。

沒錯，本來應該會恢復的。

「公會的情況如何？」

「有許多商人湧向那裡。」

聽到我的問題，克莉絲回答了我。

沒錯，在貨物裝運完畢，即將出發的時候，盜賊的事情引發了問題。

因此冒險者公會似乎忙著應付向冒險者提出的護衛委託，以及詢問盜賊討伐狀況的提問。

「因為連本領高強的冒險者也不是對手，大家都不太敢接。」

雖然只要不反抗就能保住性命，但這種情況不知道能持續多久。

而且就冒險者來說，裝載的貨物被搶走的同時，護衛委託就失敗了。

所以沒有人願意接下委託。

「報酬比我上次看到時增加了一倍。」

聽到賽拉的話，盧莉卡和克莉絲都點點頭。

「盜賊的規模也不明，很棘手呢。」

其實我對盜賊做了一點調查。

正確來說，是打算用ＭＡＰ調查盜賊的據點與人數。

但這個嘗試以失敗告終，沒有獲得成果。

雖說我的ＭＡＰ顯示範圍只要注入魔力就能擴大，但還是有極限的。

這樣看來，盜賊的據點不是在ＭＡＰ無法搜及的山中深處，就是在克羅瓦和伏爾克這兩個城鎮其中之一的附近。

「主人，要怎麼做？」

「總之先吃飯吧。」

聽到我的話，光和希耶爾充滿活力地奔向露天攤位。

看到她們的樣子，直到剛才都一臉凝重地皺著眉頭的盧莉卡她們也露出笑容。

「呵呵，小光還是一如往常呢。」

「是啊！希耶爾也一樣可愛。」

聽到米亞的話，盧莉卡稱讚了希耶爾。

雖然不知道她有沒有聽見，不過希耶爾一度回頭看來，馬上又像是輸給了食慾，跟上光。

妳要跟上去是沒關係，可是希耶爾，妳無法在眾人面前吃東西喔。

「喔，是你們啊，今天也來買嗎？」

「我只買現在要吃的分喔。」

我們不會每天都大量購買的。

我向失望的老闆買了三明治。

正當老闆笑著遞來三明治時，旁邊的攤位傳出大喊聲。

「沒帶錢！」

聽到那個聲音，我往旁邊看去，那裡站著兩個身高和光差不多的孩子。

我不曾在這個世界看過兩人的服裝，那是原本所在的世界所說的中式風格，藍色頭髮的男孩正在和老闆爭執，粉色頭髮的女孩則一臉傻眼地看著那一幕。

「這個是你送我的吧？」

「不，我才沒有送你！」

「為什麼？我說給我這個後，你就遞給我了啊。」

那個孩子打從心底感到不解地歪著頭。

老闆的臉見狀漲得通紅。這時，米亞介入兩人的對話。

「對不起。請問是多少錢？」

「喔，是米亞啊。不，但是……」

老闆來回看著米亞和少年的臉龐，認命地從米亞手中收下了錢。

話說，米亞，老闆記住妳的名字了嗎？

我想著這些無關緊要的事情，決定暫時離開露天攤位。

「謝謝你們幫助我的笨哥哥。」

換個地方之後，我們先是聽到道歉。

那優雅的舉止讓我不禁發出感嘆。

向我們道歉的是粉紅色頭髮的少女，她身旁則是一臉氣鼓鼓的水藍色頭髮少年。兩人的瞳孔顏色都是紫色，給人一種氣質與眾不同的印象。

另外兩人的相貌十分相似。是兄妹嗎？

「幹、幹嘛啦，我沒說什麼奇怪的話吧？」

「哥哥……在商店買東西是要付錢的，你不知道嗎？」

少女打從心底感到傻眼地說。

「他們平常都會直接給我吧？更重要的是，薩哈娜，妳才在吃東西吧？」

少年說得沒錯，少女——被稱為薩哈娜的女孩手裡拿著肉串。

「這是攤位老闆給我的。我就沒被警告吧？」

「那位老闆很親切。」

聽到薩哈娜的話，光吃著三明治點點頭。

……對了，那位老闆對女孩子，特別是小女孩很親切。

「這、這算什麼啊，不公平吧！」

我明白他想說什麼。

但是世界上也有這樣的事情。

「唉，總之哥哥最好再學習一點常識，回去以後我會向尤伊妮姊姊報告的。還有，我有記得帶錢。」

聽到那句話，少年非常慌張。

他們的姊姊很可怕嗎？

「好了，先不理會笨哥哥……容我重新自我介紹。我名叫薩哈娜，這位是笨哥哥薩克。」

薩哈娜無視在身旁眼中帶淚的少年——薩克，報上名字。

我們也順著這個情勢，分別自我介紹。

「這樣啊。你們是踏上尋人之旅，正在遊覽世界嗎？」

我們從人潮漸漸增加的廣場，移動到前幾天還一片吵雜的港口。

為了在能眺望阿爾提亞的高塔上吃午餐。

兩人似乎是第一次看到那片景色，入迷地看了很久。

不過那在薩克的肚子響起咕嚕聲時結束，我們進入午餐時間。

兩人可能是肚子非常餓，所以吃得很多。

希耶爾羨慕地看著他們吃東西的樣子。

『抱歉喔。』

收到我用心電感應發出的詢問，希耶爾無力地點點頭。

這時候，我突然感覺到視線。

我看過去，發現薩哈娜看著我。

當我正想問她怎麼了，米亞先向兩人搭話。

「你們住在馬爾提嗎？」

「不，我們是從另一個城鎮過來的。」

在薩克開口要說些什麼時，薩哈娜打斷了他。

嗯，嘴裡有東西時不要說話比較好。

「那你們來這裡做什麼呢？」

「來懲治壞人！」

薩克吞下食物，大聲宣言。

「吵死了，哥哥。你說話不能安靜一點嗎？」

之後遭到薩哈娜嚴厲地斥責。

挨罵的薩克再次眼中泛淚。

與兩人交談後，我們得知他們是雙胞胎兄妹，可靠的妹妹會制止衝動行事的哥哥。

還有薩哈娜好像只對薩克一個人嚴厲，對待其他人都很有禮貌。

她一開始甚至稱呼我們為大人，但我們請她不要用這樣稱呼我們。

因為聽了會覺得不自在。

不過除此之外的事情，老實說我們還不了解。

感覺薩克有好幾次差點說溜嘴，但薩哈娜巧妙地阻止了他。

「你說要懲治壞人是指什麼呢？」

「你連這種事情都不知道嗎？」

啊，薩克對我投以輕視的眼神，但又被薩哈娜斥責了。

真是學不會教訓。

「是、是懲治盜賊，是的。」

可能是太害怕被薩哈娜瞪，薩克說話的口吻變得很奇怪。

「懲治盜賊啊。你們要怎麼做？」

盧莉卡很感興趣地問，但他們沒有回答。

看來他們並沒有什麼計畫。

「我、我記得只要去冒險者公會，就能獲得情報，對吧？」

薩克求助似的詢問薩哈娜。

「沒錯。」

「那我們就去冒險者公會吧！」

薩克衝勁十足地站起來一個人往前走，但又馬上回來。

「對、對了，冒險者公會在哪裡？」

那時候他可能覺得十分難為情，小聲地問我。

「這裡就是冒險者公會嗎！」

薩克勇敢地走了進去，我們跟上他的腳步。

今天的公會非常熱鬧，有許多商人在這裡，冒險者們待在室內一角，看起來也像是覺得臉上無光。

「請問今天有什麼事呢？」

在所有人的關注之下，薩克毫不畏懼地大聲說道：

「我想要盜賊的情報！我要去討伐那些傢伙！」

那一句話讓本來吵雜的公會一片寂靜，並瞬間響起笑聲。

不只是商人，冒險者們也笑了。

「有、有什麼好笑的！」

「……這裡不是小孩子玩耍的地方，回家幫忙做家事吧。」

一名冒險者說完，周圍的冒險者們也高聲附和「對啊，對啊」。

商人中還有人忍著笑意。

薩克看到他們的反應，用冰冷的目光直盯著冒險者。

「那你們在做什麼？明明有討伐盜賊的委託，還有那麼多人期望有人接下委託。」

聽到那番話，商人看薩克的眼神變了。

相反的，冒險者們都說不出話，許多人別開臉，像在躲避薩克的視線。

「……那麼，我想要盜賊的情報。」

「恕我失禮，請問你有公會卡嗎？」

這次換薩克有些窘迫。

啊，他沒有在冒險者公會註冊嗎？

他的年紀跟光差不多，可能還不到可以註冊的年齡。

「什麼嘛，只是個小鬼來嘲笑人嗎？」

薩克的反應讓冒險者再度破口大罵，薩克也開始用難聽的話反擊。

「哼，我來教教你這小鬼什麼是冒險者！」

不久後，互相謾罵變成了決鬥。

為什麼會這樣？有人會覺得疑惑也無可厚非，不過薩克滿口說著你們很弱、沒有骨氣等等，一再做出低水準的挑釁，最後冒險者也忍到了極限。

櫃檯小姐只能手足無措，冒險者們則帶薩克前往可以進行模擬戰鬥的訓練場。對決鬥感興趣的商人們也跟在後面。

「不用阻止他們嗎？」

我跟不上這太過突然的發展，在大家走進訓練場後，我詢問薩哈娜。

「呵呵，天曉得？不過，如果哥哥慘敗，由我來罵……安慰他或許也不錯。」

妳剛才顯然差點說出妳會罵他了吧？

「空，總之我們也過去吧。如果有人受傷了，我得為他們治療。」

米亞似乎很擔心薩克，拉著我的袖子往前走。

我們抵達訓練場時，雙方似乎都做好了戰鬥準備，正舉起武器。

薩克的對手個子相當高，薩克抬頭仰望著對手。

只不過他不畏懼體格的差距，眼神非常認真。

「喔～他還會露出這樣的表情啊。」

「他並不害怕。而且薩克的姿態更加自然，看起來很強。」
盧莉卡和賽拉看到薩克的架勢，這麼稱讚。
然後決鬥開始的信號響起……一瞬間就分出了勝負。
薩克在決鬥開始的同時往前跳躍，冒險者則用渾身的力氣朝他揮下高舉過頭的模擬刀。
薩克用模擬刀彈開那一擊，那股反作用力使冒險者的身體搖晃，並在失去平衡時挨下薩克一擊，躺倒在地。
在薩克面前，壯漢按住肚子痛苦地打滾。
那一擊剛好打中了沒有鎧甲覆蓋的部位。
那是偶然還是有意而為，我想只有薩克才清楚。
「哼，誇下海口卻只有這種程度嗎？下一個是誰要來教我什麼是冒險者啊？」
接受薩克挑釁的冒險者們接連挑戰他，要為同伴報仇，結果卻和一開始沒有差別。
上前挑戰後倒下的冒險者被同伴扛走的場面反覆上演。
我看著那場戰鬥，突然好奇地使用了鑑定。

【名字「薩克」　職業「——」　Lv「38」　種族「龍人」　狀態「亢奮」】

「龍人？」
我不禁說出聲來。

那一瞬間，我好像感覺到了視線……是我多心了嗎？

我再度將視線轉回薩克身上，接著看向對戰對手，使用了鑑定。

等級差距有十級以上。

我更仔細地觀戰，發現對手拿著模擬刀，擊中薩克的模擬刀時，表情瞬間扭曲。

可能是薩克紋風不動的反作用力傳到了手上。

最後，決鬥以薩克的壓倒性勝利作結，冒險者們被搬運到別處去。

你問我米亞沒有進行治療嗎？

她似乎不願意對那些大罵小孩的人使用神聖魔法。她非常生氣。

順帶一提，觀戰的商人們對薩克的活躍身手感到驚訝，並坦率地給予讚賞。

薩克對此展現出符合年齡的笑容，十分開心。

「哼，怎麼樣？我很強吧？」

商人們離開後，薩克走向我們，與我對上目光就挺起胸膛，滿臉得意地誇耀。

再次看著薩克，我知道一開始感受到他與其他人的差異是什麼了，是那雙有如爬蟲類的細長瞳孔。

難道說這是龍人的特徵？薩哈娜也有相似的瞳孔，這個可能性很高。

但有人對他潑了冷水。是光。

「打倒那麼弱的傢伙不值得炫耀。主人更強。」

「……我從吃飯時就很好奇了，你們兩人是什麼關係？」

「嗯？主人就是主人，僅此而已。」

光不明白薩克的意思而歪了歪頭，本來圍在她脖子上的絲巾鬆脫，掉落下來。

「……那是……奴隸的項圈！」

薩克看到項圈後，對我怒目而視。

「你這混蛋把光當成奴隸嗎！」

「吵死了，光並不在乎。」

「……居然逼她說這種話，我還以為你是好人，是我太蠢了。跟我決鬥吧！」

薩克突然激動起來，讓米亞困擾地手足無措。

盧莉卡三人則是用有點同情的眼神看著薩克。

當我正煩惱該怎麼做的時候——

「不需要主人戰鬥，我來戰鬥。」

光像要保護我一樣，站在我前方。

薩克見狀還想說些什麼——

「閉嘴。如果你想和主人戰鬥，就先贏過我。」

但被光這樣挑釁，只能不情不願地決定與光交手。

「光，由我來和他打也行喔。」

老實說，我不太想和年幼的小孩戰鬥，而且收到挑戰的人是我。

「不要緊。主人很溫柔，會手下留情，所以由我來教會他現實。」

光這麼說著，拿起幾把模擬刀揮了揮，站在薩克面前。

「既然要打，我不會手下留情喔。」

「不需要。」

兩人就這樣開始交手，之前那些壓倒性勝利宛如假象，薩克輕易輸給了光。

光勝利的原因在於敏捷的動作。

她輕盈地閃過薩克的斬擊，一次也沒有與他交鋒，在薩克大幅揮刀、露出破綻時，往他的側腹使出一擊。

我覺得那一擊相當精準有力，但薩克沒有特別吃痛，是因為他的身體很強壯嗎？

輸掉的薩克對這個結果愕然不已。

他的表情說著難以置信。

「主人更強。」

像要補上最後一擊，光對錯愕的薩克宣示道。

我和光只有在第一次對峙時認真交戰過一次，所以老實說，我不知道是誰更強。

我個人認為光經常和盧莉卡與賽拉一起模擬戰鬥，所以出於經驗差距，會是光更強。

薩克聽到那句話之後搖搖晃晃地走向光，他先是低下頭，又用力抬起頭——

「我愛上妳了！嫁給我吧！」

他放聲大喊後倒在地上。

「唉，對不起，我哥哥是個笨蛋。」

打量他的罪魁禍首扶住額頭，向光深深低下頭道歉

◇薩哈娜視角・1

「啊！這裡是哪裡？」

「這裡是空先生他們住的旅館。」

哥哥終於醒了。我本來很擔心是不是下手太重了一點，但看起來他沒什麼事。

「……我記得我在冒險者公會……」

「你不記得了嗎？你和光小姐戰鬥，然後被打得落花流水的事。」

其實最後是我打暈他的，但既然他不記得了，那正好。

他聽到落花流水這個詞，身體顫了一下。

「是、是這樣嗎？」

哥哥，你的聲音分岔了喔。

「沒錯，你毫無還手之力就輸了。最後還哇哇大哭，哭累了以後一直睡到現在。」

「……我、我沒有哭吧？」

我不免說得太過火了。

看來連哥哥也知道這是假話。

「總之，等你下次見到空先生，請好好向他道謝，因為是空先生把哥哥送到這裡的。」

他露出不情願的表情，但這方面必須嚴守禮節才行。

「那麼，哥哥。」

「什麼事？」

為什麼哥哥這麼緊張呢？

「你是認真想討伐盜賊的嗎？」

「那當然了。」

他這種率直的一面惹人喜愛，但我希望他多思考一下再行動。

「但是我認為只靠哥哥一個人做不到。當然，就算有我幫忙也一樣。」

「那麼，妳要我去拜託那些膽小鬼冒險者嗎？」

那些冒險者即使在場，也只會礙事而已吧。

「不是的，是拜託空先生他們幫忙。」

「……光的確很強……的感覺……」

他是不想承認自己被打倒了嗎？還是頭部撞到了要害，真的不記得了？

「不過，實力強的人不是只有光嗎？」

「沒這回事。我在那之後看了他們所有人的模擬戰鬥，老實說，如果哥哥去對打的話會被打得一敗塗地，肯定會。」

我的話讓他露出非常受傷的表情，但這是事實。

好好讓他認清現實也是我的工作。

事實上，米亞小姐和克莉絲小姐專修魔法，似乎不擅長近戰，但動作並不差。

空先生雖然自稱是商人，但至少不是哥哥贏得了的對手。

光小姐、盧莉卡小姐與賽拉小姐三人的實力也很出色，我認為可以和親衛隊打得勢均力敵。

其中，我感覺賽拉小姐特別突出。

還有，空先生看著哥哥，喃喃地說出了「龍人」。

他大概擁有鑑定的技能。

除了父王之外，我第一次遇到能使用鑑定的人，所以有點驚訝。

「不過，要怎麼拜託他們？如果他們原本就有意討伐，早就接下討伐盜賊的委託了吧？」

的確有可能是這樣，但空先生他們是最近才抵達馬爾提的。

這裡的冒險者實力……如果他能使用鑑定，應該也有一定程度的了解。

既然不清楚盜賊的規模，有正常思維的人會對接下委託感到遲疑也無可厚非。

畢竟高階級的冒險者都被擊退了。

不過，唯獨有一個方法可以使空先生他們展開行動。

……那就是進入阿爾提亞的入城許可。雖然這樣可能有點卑鄙。

我聽他們說話時得知空先生他們……正確來說是盧莉卡小姐她們，正在尋找在波斯海爾帝國和愛爾德共和國的戰爭中失蹤的童年玩伴。

他們說他們正在為此巡遊世界各國，之所以會來到這個國家，應該也是出於這個目的。

由此得出的推測，是他們要前往阿爾提亞。

因為在世界各國受到保護，到這個國家的奴隸們都會先被集中到阿爾提亞。

實際上，我好像聽說過那邊保護著在那場戰爭中淪為奴隸的人。

「關於那一點，我有一個想法。另外……我會向這裡的領主借用騎士。」

當我這麼說，哥哥對我露出不高興的表情。

哥哥的腦海裡大概在想：如果去見領主，我們擅自離開阿爾提亞的事就會被呈報上去，等我們回去時會遭到尤伊妮姊姊訓斥。

只是可惜的是，我們離開阿爾提亞的事情應該已經暴露了，擔心那些事只是白費力氣。

我反倒對他為何會認為事情沒有暴露感到更驚訝。

「可、可是……」

「你想討伐盜賊對吧？」

當我露出笑容問他，他就爽快地贊成了。

呵呵，明明不需要點這麼多次頭啊，真是有趣的哥哥。

那麼，得趕快開始準備才行。

還有，我好好告訴了哥哥光小姐是特殊奴隸這件事。

「特殊奴隸？那是什麼？」聽到他這麼問我，我差點忍不住動手，但這次我忍了下來。

因為我認為向尤伊妮姊姊報告，由她來訓斥哥哥更好。

在那之後，我拜託領主和冒險者公會的公會長，成功讓空先生他們接受了討伐盜賊的委託。領主似乎直到最後都很擔心我們，但可能是我成功說服了他，他不再多說什麼。

空先生他們一開始感到不可思議，但聽到公會長表示看到了他們把壓倒性贏過冒險者們的哥哥打得落花……打倒，又看到了他們隨後在訓練場進行模擬戰鬥的動作，才會來請求他們。他們似乎接受了這個說法。

另外，商人們找他們哀求，以及領主準備了特殊的報酬應該也有助益。

所謂特殊的報酬，當然是阿爾提亞的入城許可證。

以及讓實力優秀的騎士以冒險者身分參加討伐。

不過，關於這件事需要絕對保密。

因為據說馬爾提的騎士團去討伐盜賊時，盜賊就躲藏起來、沒有出現，所以騎士團裡可能有盜賊的內鬼。

不過……雖然我知道他們很強，但盧莉卡小姐她們三位有註冊冒險者身分的人居然是C級冒險者，令我十分驚訝。

◇◇◇

「我叫理查，是這次一起接下護衛委託的冒險者。抱歉，容我直接進入正題，我想知道你們的實力。」

自稱理查的那名冒險者……實際上似乎是馬爾提騎士團的成員，在公會見過面後馬上邀請我們進行模擬戰鬥。

他會自稱是冒險者，似乎是為了隱藏騎士身分。

「好吧，我陪你過招！」

當薩克在一旁回答，他感到非常驚訝。

來自騎士團的參加者有五人，我們輪流進行了模擬戰鬥。

米亞、克莉絲和薩哈娜也參加了。

掌握同行者的實力的確很重要。

如果我們沒有達到一定程度的水準，查理可能原本打算不同意我們同行。

特別是薩克、薩哈娜和光，他一開始擔心地看著他們。

結果，除了理查以外的人毫無還手之力，慘敗給他們三人，理查抱住了腦袋。

「你們這些傢伙，這副狼狽的樣子是怎麼回事！」

「隊、隊長~這也沒辦法啊！我們主要是用盾牌戰鬥的。」

「我不想聽藉口。還有賽特，你說話的方式是怎麼回事？我不是一直叫你改掉嗎！」

看著兩人的互動，其他騎士團成員都在笑。

「這可不好笑！我要改正你們的品性！」

不過聽到理查的怒吼，他們的臉立刻繃緊。

我側眼看著理查他們的模擬戰鬥——但有點太過激烈了，同時回想起我和薩克、薩哈娜較量時的事情。

薩克的戰鬥風格好像是用劍戰鬥，薩哈娜則是使用長槍。

兩人似乎比等級相近的人更有力氣，特別是薩克，採取了突顯這一點的戰鬥方式。相反的，薩哈娜採用重視速度的戰鬥方式，聽說她還會使用魔法。

薩克可能是對力氣格外有自信，當他從正面襲來的攻擊被我擋下時，打從心底大吃一驚。

我趁隙發動攻擊，他就輕易地落敗了，還大喊說我很卑鄙，但雖說是模擬戰鬥，在戰鬥中停下動作是他不對。

不過那股力氣是貨真價實的，除了我之外，只有賽拉和理查能完全承接住薩克的攻擊。

我與他戰鬥的感受是就像獸人賽拉，他給人一種基本能力比人類種族更強的印象。因為說到龍，在我心中的印象是最強的種族。

「你的確很強，但動作太過單純了。」

「嗯，很容易預測。」

我朝聲音傳來的方向看去，薩克正受到盧莉卡和光嚴厲的批評。

「呵呵，請再多說一點。」

他旁邊站著看起來很高興的薩哈娜。

面對批評，薩克今天也眼中帶淚。

「實際上，在狡詐方面是薩哈娜表現得更好。她的戰鬥方式很高明。」

「謝、謝謝。」

突然被賽拉稱讚，薩哈娜一開始很困惑，但她高興地露出微笑。

「真是不中用，這樣看起來是我們會扯後腿啊。」

「你們應該是對不習慣的戰鬥方式感到困惑吧。但為什麼不使用盾牌呢？在冒險者中也有用盾牌的人喔！雖然很少見。」

「因為我們使用的盾牌有點特殊，很引人注目。」

他說拿著那種盾牌，很有可能會被識破是騎士團成員，所以不能使用。

「那在移動時收進道具袋裡不就行了嗎？」

只在戰鬥時拿出來就可以了。

聽到我這麼說，他們表示無法準備裝得下所有人盾牌的道具袋。

在這個國家，道具袋是貴重物品嗎？

我問他要不要暫時交由我保管，他就開口拜託我幫忙。

「但就算只有盾牌，現在這樣還是不行喔。」

我和理查交談時，盧莉卡走了過來。

「這是什麼意思？」

「我猜你們平常會穿戴鎧甲吧？所以會下意識地想用身體承受輕微攻擊。如果穿著鎧甲的確可以擋住，但以現在的裝備像那樣戰鬥是很危險的。」

理查聽到盧莉卡指出的問題連連點頭，問她還有沒有注意到其他事情。

當模擬戰鬥告一段落，我們在冒險者公會的一間會議室裡舉行了這次委託的作戰會議。
原本的目的是討伐盜賊，不過表面上的名義是護衛委託。
這次走的路線是從馬爾提出發，前往克羅瓦。
我以為會前往多次遭到襲擊的山岳城市拉庫齊卡，但似乎不是如此。
他們至少有什麼考量，因此我們決定依這個計畫行事。
「出發時間是兩天後。在那之前各自做好準備。還有雖說是討伐，如果可以的話，我想活捉他們。因為他們的情況與尋常的盜賊不同，上頭這樣命令我們。」
如同理查所說，他們的盜賊行為或許算溫和的。
我覺得尋常的盜賊會搶走所有貨物，不會留下目擊者。
說不定目的可能是為了避免因損害規模擴大，遭到澈底剿滅，但實際上，騎士團已經採取行動了。
「還有關於同行的商人，我挑選了在一定程度上能夠自衛的人，但因為不清楚對方的實力，所以希望你們注意、保護他們。」
我對他們敢接下這麼危險的工作感到驚訝，但聽說是因為一直留在這裡住宿費會不斷增加，所以他們才會報名。
還有，一方面似乎也是因為他們的貨物中有許多食品。
「我們也會準備回復藥等消耗品，但大家也要各自準備！那麼，散會。」

我們就這樣散會，兩天後從馬爾提出發前往克羅瓦。

◇◇◇

「什麼都沒發生呢。」

「哈哈，什麼都沒發生是最好的。」

賽特這樣回答薩克的話。

不，如果是那樣，就無法達到目的了吧？

如果隊長理查在這裡的話，一定會抱頭苦惱。

對於被選中的商人來說是令人高興，但對我們來說就不太好了。

「不過，還真好吃呢，沒想到能在城鎮外吃到這麼美味的食物。」

「這一點的確沒錯。」

商人也點頭同意賽特的話。

說得太誇張了。今天的晚餐只是我在露天攤位購買的三明治，還有我和米亞一起做的狼肉排和簡單的湯。

一定因為是熱騰騰的料理，他們才會這麼覺得。

「是這樣嗎？很普通吧？」

當薩克這麼問，兩人都很驚訝。

「哥哥真是不知世事呢。明天哥哥一個人吃保存食品就行了。既然不明白，親身體驗是最好的方法。」

聽到薩哈娜的話，賽特他們都笑了，但薩哈娜應該不是在開玩笑。

實際上，她在隔天午餐執行了這件事，薩克一邊哭一邊吃著保存食品。

那天晚上，先由我們負責守夜。

基本上，守夜工作是除去薩克和薩哈娜以及商人們，由我們小隊的成員和理查他們這些騎士團成員進行。

理查一開始不贊同讓光也參加守夜，但光堅持要參加，最後理查妥協了。

理查之所以會擺出這樣的態度，根據賽特所說，可能是因為他有個孩子與光年紀相近，所以把她當成自己的孩子了。

接著薩克他們或許是出於體貼。

「我也要守夜！」

薩克展現出幹勁，但這個提議被薩哈娜駁回了。

「哥哥只會礙事，你安靜地睡覺會比較有幫助。」

她狠毒的話讓理查他們也露出苦笑。

「結果如何？我這邊沒有感覺到氣息。」

「我這邊也沒有反應。」

聽到盧莉卡的話，我把目光落在ＭＡＰ上。

我此刻也在使用MAP，但別說是人，連魔物的反應也沒有。

我悄悄召喚出影，派牠跑向山那邊，但也沒有收穫。

「……欸，空，你不介意嗎？」

「妳是指什麼？」

「這個委託啊。你不擅長這種事對吧？」

那個問題讓我說不出話來。

我的確是被阿爾提亞的入城許可證吸引才接下委託的。在盧莉卡她們表示要接受時，我也沒有反對。

「我是很不安，可是……總有一天必須面對啊。」

與黑衣男子們對峙，讓我知道有時候即使我想避開危險，危險也會主動靠近。

仔細想想，我在旅程中面對到的惡意不止一兩次。

「是嗎？那麼我不會再多說什麼。只是你要記得你不是一個人喔。」

我點點頭，盧莉卡就帶著笑容對我說「那就好」。

「不過，真的找不到盜賊呢。」

「對啊。」

「他們該不會出現在拉庫齊卡那邊吧？」

「因為那邊是騎士團的討伐隊……」

在我們出發的前一天。馬爾提的騎士團大舉前往拉庫齊卡地區。

由於目的是討伐盜賊，許多城鎮居民都聚集過去看他們的身影。
我記得騎士團是由一百人組成的團體，以協調一致的動作行進。
不過我心想，探索時可能會進入山中，他們卻穿戴著相當重的重裝備。
根據理查的說法，他們應該會在途中更換裝備。
這似乎就是理查他們無法準備道具袋的原因。
雖然有道具袋，但已經另有用途。
結果那一天什麼事都沒發生，我們和理查他們在途中換班守夜，之後的兩天旅程平靜地度過了。

「嗯？」
雖然只有一瞬間，但MAP上有了反應。
反應很快就消失了，但是兜帽裡有動靜。
『希耶爾，怎麼了嗎？』
踏上旅程後，希耶爾一整天幾乎都在兜帽裡度過。
因為有其他人在，我們不能陪伴她，讓她閒得發慌。
基本上只有在深夜由我們守夜的時段，她才會活潑起來。
此時希耶爾醒過來，搖搖晃晃地飛起來。
她東張西望，環顧四周，然後豎起毛，表現出警戒姿態。

在我們對希耶爾突然的行動感到驚訝時，他們出現了。

「什麼！」

不知道是誰的聲音，那聲驚呼毫無疑問代表了我們的驚訝。

「我、我們被包圍了。」

正如賽特所說，我們不知不覺間被包圍了。

但沒有完全被圍住。

有可以逃跑的方向。

但是要逃跑很困難。

要搭上馬車朝那個方向行駛過去的話，需要讓馬車掉頭轉向。

他們一定不會容許我們這麼做。

「我們的要求是食物以及藥水類。只要你們接受要求，我們就不會傷害你們。」

站在我們眼前的人這麼說，從聲音判斷，應該是男性。

我之所以不曉得性別，是因為他們穿著一身不協調的服裝，戴著面具般的面罩。

他手上的武器也是搶來的東西嗎？

從他的舉止可以看出毫無破綻。

他們可能不是普通的盜賊。

這時候，那群盜賊後方的一個人突然倒下。

倒地的聲響讓盜賊們轉頭看向那邊。

「大家就定位，抓住他們！」

抓住那一瞬間的空檔，理查下達指示。

商人們慌忙逃到馬車載貨臺上，賽特和另一個人守在載貨臺前後。

手上牢牢地拿著盾牌。

薩克想要上前時，被薩哈娜揪住衣領。

「哥哥，我們是負責防禦。」

我、米亞和克莉絲也負責防禦。

根據戰鬥的情況，我也可能會上前參戰，但盧莉卡要我一開始先保護大家。

「動作很好，但對手看來缺乏統整性。」

「對啊。但是情況不妙呢，我們被壓制了。」

他的語氣輕鬆，所以感受不到緊張感，但我看到戰況的確對我方不利。

我們一開始占了上風，卻慢慢被對方壓制回來。

特別是理查他們三名馬爾提的騎士處於劣勢。

他們三人背靠背應付敵人，避免出現死角，但對方的動作更加精湛。

我為了壓抑加速的心跳，深吸了一大口氣，決定先進行鑑定，了解對手。

【名字「冬馬」　職業「盜賊」　Ｌｖ「29」　種族「人類」　狀態「凶暴化・疲憊」】

【名字「菫」　職業「盜賊」　Ｌｖ「33」　種族「＊＊」　狀態「凶暴化・衰弱」】

我對一開始向我們喊話的人，以及我覺得動作精湛的人進行鑑定，結果吃了一驚。
因為他們的等級不算太高，而且其中一人的種族欄無法閱讀。
另外，顯示出來的狀態中，也有我第一次看到的詞彙。
我從這裡看到的他不像是獸人，應該是人類種族……但因為有面具遮擋，無法確定。
「米亞，妳沒事吧？」
這時候，背後傳來了克莉絲焦急的聲音。
我回頭望去，看到米亞拄著法杖，被克莉絲攙扶著。
「嗯、嗯，我沒事。」
「妳在說什麼？妳的臉色很糟。」
米亞的臉色的確很糟，面無血色。
在她們背後，還可以看到正按著太陽穴的薩哈娜。
「妳還好嗎？」
「還、還好，好像有點被魔力影響了……」
聽到薩哈娜的話，希耶爾也點了點頭，但好像少了平常的活力。
「魔力？」
我集中精神感受魔力，的確感覺到了某種蹊蹺。
我發動察覺魔力，差點被魔力的浪潮沖走。

特別是那個名叫堇的人散發出強烈的魔力……與其說是人，感覺更酷似魔物的魔力。

「克莉絲不要緊嗎？」

「是，可能是精靈保護了我。」

克莉絲壓低音量回答。

「……我也過去支援。」

不安的預感讓我下了決定。

還有米亞看起來相當難受，也讓我很在意。

雖然我們因為壓倒性的人數差距陷入苦戰，但也不能離開商人身邊。

雖然聽說他們都有自衛能力，但看到對方的那個動作後，我認為他們應付不來。

搞不好連賽特他們也不是對手。

「那、那是什麼？」

我召喚出魔像影和艾克斯，賽特看到後驚呼出聲。

「那是魔像。艾克斯，你守在這裡。影，你去讓敵人失去行動能力。」

影可以用那個技能束縛對手，應該可以活捉他們。

而且他們沒有不由分說地攻擊我們，這也讓我很在意。

雖然他們有什麼能力是個謎，但既然我們完全無法察覺，他們只要發動奇襲，應該可以殺死我們才對。

最重要的是，這與跟黑衣男子們戰鬥時有明顯的不同之處。

我從他們身上完全無法感受到敵意或是殺意。
我擲出賦予過魔力的小刀。
雖然被輕易地躲開了，但小刀引發小爆炸，造成對方的混亂。
我和影加入戰鬥，扭轉了劣勢。
「該怎麼辦？」
「……先讓那三個實力弱的人失去行動力。」
他們在混亂中慌張地下達指示，但是太遲了。
那時候我們也已經改變了戰鬥方式。
我們不勉強進攻，以支援光為主進行戰鬥。作戰計畫是運用光的麻痺攻擊，使敵人的動作變得遲緩。
然後隨著時間經過，這個策略展現出了效果。
雖然似乎比平常多花了一點時間，但當我進行鑑定，他們的狀態的確顯示著「麻痺」。
但是我在鑑定後發現，有許多人的狀態變成了凶暴化。
我們順利地使盜賊一個接一個失去行動能力，但那時候發生了異狀。
在宛如野獸的叫聲響起的同時，理查他們被打飛出去。
「不、不好了！」
有人焦急地喊道，但我沒有餘力在意。
因為下一個攻擊……毫無區別地襲來。

連應該是同伴的盜賊們也被打飛出去。

不，他們彷彿想要搶先攔阻攻擊者，朝那個人趕過去。

而且仔細一看，發動無區別攻擊的是我剛才鑑定過的其中一人。

【名字「菫」　職業「盜賊」　Lv「33」　種族「半魔＊」　狀態「凶暴化．失控」】

種族顯示為「半魔＊」，狀態中的衰弱消失，追加了失控。

那個名叫菫的半魔＊轉身，將我當成下一個目標。

菫利用衝力朝我發動突擊。雖然她手中沒有武器，但裝備著毆打用的手套。

在她揮下來的拳頭即將擊中的瞬間，我舉起盾牌，擋下那一拳。

強烈的衝擊透過盾牌傳來。

這股威力，與我們在地下城交戰過的頭目級魔物相當。

如果我沒有看到她失控，無疑會被打飛出去。

我擋下攻擊的同時，影的束縛攻擊襲向菫。

那個攻擊一度看似成功，但是菫一掙扎，影子就被扯斷了。

菫跟我拉開距離，這次把攻擊的苗頭轉向米亞她們。

賽拉揮下斧頭試圖阻止她，但菫的拳頭擋住了斧頭，把賽拉擊飛。

「不、不行，不能再打下去了。」

其中一名盜賊——冬馬試圖用賽拉爭取到的時間阻止菫。

他從背後架住菫，其他盜賊也趁機壓制住她，但她還是沒有停止發狂。

被打飛出去的盜賊們翻滾一圈後倒下，但似乎還有呼吸。

如果菫拿著劍這類殺傷力強的武器，結果恐怕不只這種程度。

「喂，有辦法可以阻止她……嗎？」

冬馬剛好被打飛到我附近，我正想問他，看到他的臉後吃了一驚。

正確來說，是看到他面具和假髮掉落後的臉龐。

黑髮黑眸……而且臉上還浮現了有如歌舞伎臉譜的花紋。

「……變成那樣以後，只能綁住她，等她冷靜下來。但是這次比以往還嚴重，她正在失控。再這樣下去，她會……我們也會受到影響……」

聽到冬馬像在說夢話似的呢喃，我還來不及思考，就先對他施放了回復魔法。

「治癒，恢復。」

施放治癒是因為他受了傷，恢復則是出於直覺。

不過這招奏效了。

我使用鑑定，看到凶暴化的文字從冬馬的狀態中消失了。

與此同時，他臉上如臉譜般的花紋也消失了。

凶暴化可以用恢復治療？

我抬頭尋找菫，看到她正在攻擊米亞她們。

雖然攻擊被艾克斯壓制住了，但那只是看起來壓制住而已。

每當堇不顧盾牌阻擋，揮拳毆打，我都能感覺到艾克斯的魔力在減少，那是受到了傷害的證據。

因為隔著一段距離，恢復魔法無法生效。

「米亞，用恢復。對她施放恢復魔法！」

我一邊跑一邊大喊。

聽到我的話，米亞詠唱了恢復魔法。

我奔跑的同時發動鑑定，凶暴化從堇的狀態中消失……又顯示出來。

那一瞬間，從她身上感受到的魔力反應增強了。

變化不只是這樣。

堇的背部膨脹，在衣服碎裂的同時，露出某種黑色的事物。

那個雖然小巧，但看起來像是翅膀。

而且鑑定的內容也發生了變化。種族顯示從半魔＊變成了半魔人。

雖然不知道發生了什麼事，但我從堇身上感覺到的反應變成了不祥。

不對。這種感覺，我有印象。

「米亞，用聖域！」

我看著堇的腳下喊道。

沒錯，只有她腳下的草枯萎了。

這和那時候的黑野豬一樣。

米亞立刻詠唱了聖域，但聖域與菫散發出來的魔力互相排斥，把米亞他們連同馬車一起吹飛出去。

我勉強站穩腳步，但我眼前只有靜靜佇立著的菫。

然後以她為中心，地面逐漸變成黑色。

就這樣放任她不管會有危險。

本能這樣告訴我。

阻止她的辦法……只有殺了她嗎？

菫轉向我，她的面具裂開一半，露出了臉。

看著她痛苦扭曲的臉龐，看著她的眼睛，我下定了決心。

我將魔力注入手中的祕銀之劍，賦予劍身光屬性。

這可能是我的錯覺，只是我會錯意了，但她的眼睛看起來像在求救，像是希望有人阻止她，像是對死有所覺悟。

我從道具箱裡取出菲爾的庇佑並踏出一步，打算在決心減弱前做個了結，一口氣衝了出去。

【菲爾的庇佑】保護佩戴者不受詛咒，耐用度１００。

我好像聽到了冬馬的聲音從背後傳來，但我沒有回頭。

因為我覺得一旦停下來，就不會有下一次。

堇對我揮下的劍刺出拳頭。

劍和拳頭從正面相撞。

劍上灌注了魔力，應該變得更加鋒利，卻無法切開她的手套。

豈止如此，從她身上感受到的魔力變得更強了。

其中感覺最強烈的是她的頸部。那裡有塊斑點，看起來有黑色的東西正從那裡噴湧而出。

那些黑色的東西就像要吞噬我，迎面覆蓋過來。

菲爾的庇佑破碎，我連忙用光屬性包裹住自己的身體。

我感覺到魔力正在迅速減少。

雖然想反擊，但我的攻擊無法觸及堇。

在ＭＰ即將耗盡時，我用變換技能將ＳＰ變換為ＭＰ。

但這只不過是將ＭＰ耗盡的時間延長而已。

我焦急不已時，希耶爾搖搖晃晃地飛入我的視野中。

希耶爾看起來很痛苦，但當她和我目光相對時，我聽到了聲音。

那個聲音微弱細小，卻奇妙地讓我感到懷念。

我回望著她，希耶爾點點頭。

回想起方才的結果，我很是猶豫，但既然別無他法，我決定試著相信她。

我用劍擋住堇的攻擊——

「恢復。」

並詠唱了魔法。

剎那間，從堇身上噴出的黑色霧氣突然消失了。

然而立刻又從她的頸部噴湧出來。

不過在黑色霧氣減弱的那一瞬間，希耶爾從背後接近堇，咬上她頸部噴出黑色霧氣的部位。

「希、希耶爾？」

突如其來的行動讓我感到驚訝，但希耶爾依舊咬住那個地方，一動也不動。

時間經過一分鐘、兩分鐘，希耶爾的身體慢慢地膨脹。

不久後，在希耶爾的身體就快膨脹到兩倍大的瞬間，她的身體發出光芒。

刺眼的光芒讓我差點閉上眼睛，但我勉強忍住了。

那道光包住了堇的全身，發出一陣更強烈的光芒後消失了。

與此同時，傳到我劍上的力量也消失了。

堇重重地倒下，變成黑色的地面也恢復成原狀。

然後，希耶爾在我眼前墜落在地。

戰鬥結束後十分忙碌。

除了我，能夠正常行動的人只有盧莉卡和賽拉……以及冬馬。冬馬之所以能夠行動，應該是因為我用治癒魔法回復了他吧。

造成這麼多損害的罪魁禍首——堇正安然沉睡著。
冬馬確認堇還活著以後，毫不抵抗，默默地束手就擒。
我使用影和艾克斯先把盜賊們聚集起來，用魔法繩索綑住他們。
不過，其他人似乎也無意反抗。
我暫且對狀態出現凶暴化症狀的人都詠唱了恢復魔法。
「那麼，今後要怎麼做呢？」
我向理查尋求指示，他說最好按照計畫前往克羅瓦。
但是有幾個問題。
首先是冬馬他們這些盜賊。他們現在沒有反抗，但以後不知道會怎樣。
第二個問題是馬車。我們本來搭乘兩輛馬車移動，但其中一輛嚴重毀損，已經無法使用。馬沒有生命危險，雖然受了傷，但接受米亞的治癒魔法後已恢復健康。
「那麼，我們來監視盜賊，理查先生，請你們帶商人前往克羅瓦。希望你們能準備好護送用的馬車回來。」
冬馬他們總共有十八人，需要把他們帶去馬爾提。
「在那段期間，你們得在野外露營，這樣沒問題嗎？」
「……那我來建造簡易的牢房吧。」
我考慮了一下後，移動到離大道有段距離的地方，用土魔法建造出建築物。
「你會召喚魔像還會這個，到底是什麼人？」

「在來到這裡之前，我探索過地下城，在那裡得到了很多東西。」

實際上，製作魔像所需的素材是在地下城獲得的，所以這種說法不見得是錯的。

理查可能對地下城有所認識，暫且接受了這個解釋。

最後，他們決定由理查和賽特兩人先騎馬前往克羅瓦鎮通報，商人們則由三位騎士護送，搭乘未受損的馬車移動。

薩克和薩哈娜基於薩哈娜的意願，決定留下來。

「照你們的實力，我想應該沒問題，不過要小心喔。」

理查瞥了薩克他們幾眼，並對我如此說道。

目送理查他們出發後，我們走進建築裡。

在建築物內，冬馬他們被按照男女區分，送進感覺像牢房的房間裡。

「如果有什麼問題就告訴我們。還有冬馬，可以跟你談談嗎？」

「可以，有想問的事情就儘管問吧。」

「哼，盜賊……」

「哥哥，請你安靜一點好嗎？空先生，我也可以參與你們的談話嗎？」

薩哈娜露出笑容看著薩克。

不只是薩克，那股氣息也讓一部分的盜賊為之顫抖。

最後薩克去建築物外，和光她們進行模擬戰鬥。難得有機會，我也讓魔像參加，用賦予魔力為魔像補充魔力後交給了米亞。

「請嚴厲地教訓他一頓。」

聽到薩哈娜的這句話，米亞露出苦笑，但光拍拍胸口表示「包在我身上」。

薩克，你要加油，因為光不懂得手下留情……

留下來的是我、薩哈娜和克莉絲三人。

其實我想在薩哈娜也不在場的情況下談話，但這也沒辦法。

「那麼，你們會當盜賊，是與堇的失控有關嗎？」

「……是的，沒錯，我們是為了尋找治療方法而來到這個國家的。」

「你們有線索嗎？」

對於我提出的問題，冬馬搖搖頭。

「我們並不確定，只覺得月桂樹果實或許有用。」

據說他們有一位現在不在的同伴，聽說過月桂樹果實能治百病的傳聞。

於是他們慌不擇路，來到路弗雷龍王國。

由於月桂樹果實真的有效，他們才會為了獲得果實襲擊商人。

「不過，她為什麼會變成這種狀態呢？」

「……我們是實驗體。」

冬馬看了同伴們一眼，然後開口。

冬馬所說的話，可怕得令人想要摀起耳朵。

他露出脖子上類似瘀傷的斑點——

「這是實驗體的烙印。我記得那些傢伙說這是奴隸紋，據說是已失傳的技術。」

他好像只記得那個機構裡的人所說的話，不知道任何詳情。

「不過，他們說這是為了製造強大的戰士。」

冬馬他們的確比實際的等級還強。

這是我從旁觀察，以他們的動作判斷出來的感想，所以不知道實際上是否如此。

因為如果是受到凶暴化的影響，那現在影響也已經消失了。

不過由於奴隸紋還在，他們可能還會出現同樣的異常狀態。

相反的，堇身上的奴隸紋已經完全消失，應該沒問題了……但這或許也需要觀察一下。

而且根據冬馬的說法，那個影響有個體差異。

「那麼冬馬先生，你們是從哪裡過來的？」

「……王國。」

對於薩哈娜的詢問，冬馬用令人毛骨悚然的聲調吐出這個詞。

我曾想過這個可能，但猜測成真了。

因為當冬馬他們取下面具與假髮，有許多人的外表都是黑髮黑眸。即使不是這樣的人，髮色或瞳孔顏色之一也是黑色的。

黑色雖然少見，但並非完全不存在。

可是這麼多黑髮黑眼的人聚集在一起，已達到令人感到不對勁的程度。

最重要的是，我坦率地認為，艾雷吉亞王國即使做這種事也不足為奇。

得知光的境遇，以及我被召喚到異世界時王國對待我的方式，應該也影響了我的看法。

「你願意相信我嗎？」

我坦率地相信他，令冬馬感到驚訝。

我取下面具，與冬馬他們面對面。

「因為我也對王國有許多想法。實際上，我會戴著面具也是這個緣故。」

我隱瞞了異世界人的身分，說我正受到王國追捕。

我說我會被追捕，是因為我能使用多種技能，並向他展示了包含空間魔法在內的幾種技能。

「那個，我可以說句話嗎？」

當談話告一段落時，至今都默默聽著的克莉絲開口。

「可以請你們把躺在那邊的人帶來這裡嗎？」

克莉絲指向唯一一個還在昏睡的人。

那不是菫，而是被襲擊時最先倒下的人。

躺在克莉絲眼前的她，乍看之下像安靜地沉睡著。

「……這種狀態會好轉嗎？」

「會、會的，那個，她使用技能後經常會昏倒。」

冬馬說她過一段時間就會醒來。

「狀況可能不太好。」

克莉絲喃喃說道，唸出難以聽清的話語。

之後，睡著的她身上飛出了魔力反應，在克莉絲面前停下來。

「果然是這樣，她好像與精靈締結了契約，而且是極為強大的精靈。我猜她使用的技能是借用了精靈的力量，但應該不會讓她陷入這樣的狀態。這只是我的想像……那個是叫奴隸紋嗎？我認為那個東西造成了某些影響。其實這樣很危險，解除契約是最好的做法，但精靈似乎不願意離開，所以我施加了封印，讓她無法動用一部分的力量。」

「妳做得到這種事嗎？」

「……因為我也和精靈締結了契約。」

那句話讓我不禁看向克莉絲。

當我與克莉絲目光相對，她露出微笑。

聽到那番話，冬馬他們低下頭向克莉絲道謝。

看來冬馬他們之間有相當深厚的同志情誼。

在那之後，我們把食物交給冬馬他們就離開了。

這棟用魔法建造的建築物被設計劃分為好幾個房間。

雖然我認為不會有問題，但這是為了以防萬一。

「那個，克莉絲大人了解精靈大人的事情嗎？」

一走進房間，薩哈娜就興奮地靠近克莉絲問道。

她的眼神閃閃發光。

奇怪？她稱呼名字的方式變了。

「妳是精靈魔法士？不，難道說妳是尖耳妖精大人嗎？」

那句話讓我屏住呼吸。

克莉絲也停下動作，看著薩哈娜。

「啊，果然是這樣！那、那個，我可以跟妳握手嗎？」

當克莉絲不經意伸出手——

「啊，好感動！」

薩哈娜一個人非常興奮。

到目前為止，薩哈娜給我的印象是控制著薩克的成熟少女，但那副模樣完全是個符合年齡的少女。

不久之後，薩哈娜可能冷靜下來了，一臉難為情。

「那麼，妳為什麼會認為克莉絲是尖耳妖精呢？」

「就和空先生一樣，我也能使用。那是叫做鑑定嗎？我能使用類似的技能。」

薩哈娜說著，那獨特的瞳孔變得更細了。

順帶一提，她會認為我能使用鑑定技能，是第一次遇見兩人的時候，她聽到我低聲說出「龍人」，以及剛才和冬馬他們談話時明明沒有提及名字，我卻若無其事地說出了「菫」的名字。

「雖然顯示的情報是『人類』，但文字有時會扭曲，這讓我回想起父親大人曾教過我的事。他說會發生這種現象，不是有什麼因素在阻礙鑑定，就是情報經過偽裝。」

就如薩哈娜所說，我讓克莉絲和米亞戴著受到鑑定時，具有偽裝效果的魔道具。
「還有妳能與精靈大人溝通，所以我才覺得妳也許是尖耳妖精大人。」
「那、那個……」
「別擔心，妳是尖耳妖精大人這件事我會保密的。啊，不過我在克莉絲大人你們的周遭經常感受到魔力的流動，那是精靈大人嗎？」
那一定是指希耶爾吧。
我和克莉絲面面相覷，對薩哈娜的問題點了點頭。
「這樣啊～我偶爾會感受到不可思議的魔力，那果然是精靈大人呢。希望有天能看見她。」
這是怎麼回事？賽風他們那時也讓我有這種感覺，尖耳妖精在這個世界是很偉大的種族嗎？
雖然我覺得可以把艾麗安娜之瞳交給她，讓她看到希耶爾，但希耶爾現在很沒有精神，便因此作罷了。
在那之後，從外面回來的薩克……累得筋疲力盡。
只不過那不是因為光太嚴格，而是薩克一次又一次地挑戰她。
「他好像因為遇到襲擊時什麼都做不到，感到很不甘心。」
「他還挑戰了影和艾克斯好幾次。」
像在附和盧莉卡和賽拉的話，光和米亞也點點頭。
聽到四人所說的話，薩哈娜有點高興地看著薩克。

◇◇◇

理查他們在分別五天後回來。

他們準備了四輛馬車，其中兩輛好像是要用來護送冬馬他們的。

我用魔法拆除了建築物，坐上馬車。

在這五天裡，薩克幾乎都在進行模擬戰鬥、活動身體，薩哈娜則黏在克莉絲身邊。

薩克對這個情況感到驚訝，看起來也有點吃醋，但看到薩哈娜開心的模樣，他什麼也沒說。

我一邊注意著冬馬他們的情況，不斷地走路，毫無意義地在大道上來回走動。

我的行動看在薩克和薩哈娜眼中似乎是很古怪的行為，他們還問大家我在做什麼。

之所以不直接來問我，是對我的體貼嗎？

另外，我問過冬馬他們是怎麼從王國來到龍王國的，但令人驚訝的是，他說他們是從聖王國進入魔導國，然後像我們一樣翻越那座山，來到龍王國。

在利艾爾附近產生的異狀，或許是冬馬他們……是董失控造成的餘波。

至於他們沒帶多少裝備就翻越了山脈這件事，似乎主要是靠同伴的技能做到的。

就這樣，我們討伐盜賊的任務結束，順利獲得了進入阿爾提亞的入城許可證。

閒話・4

我是在懂事前來到這裡的。

這裡有許多像我這樣的孩子。

有一天，我問了高大的人為什麼我會在這裡。

「你們被爸爸和媽媽拋棄了。」

他這麼說。

「為什麼？」

「因為你們無能（沒有技能）啊。但如果在這裡生活就能治好，然後回家喔。」

他對我這麼說，但我不明白那是什麼意思。爸爸和媽媽是誰？

在那之後，高大的人們對我做了各種事情。

有痛苦的事情，也有難受的事情，但他們告訴我只要忍耐，就會有好事發生。

好痛、好熱、好痛。

脖子陣陣抽痛。

我睜開眼睛。

嬌小的我在不知不覺間長大了。
我的視線變得相當接近以前抬頭仰望的高大人們。
到了那個時候，我開始能理解他們從前告訴我，但我不理解的事情。
我們的世界存在著一種稱為技能的神奇力量。
他們告訴我，每個人都擁有技能。
但我沒有技能，所以被父母拋棄了。
我也沒有名字，被用編號稱呼。
現在我們生活的地方，是可以學會技能的機構。
實際上和我一起生活的孩子中，有人能使用技能了。
也有孩子因為學會了技能，被父母接走而離開了。
但是……那些全都是謊言。
知道真相時，我們下定決心要逃離那裡。
我不記得我們是怎麼逃出來的。
只記得發生了討厭的事情，我做了個自己在發狂的夢。

逃離設施的人總共有十九人。
我們逃離王國，往南方前進。
因為包含我在內，有些人的身體狀況不佳，我們決定前往記得是由龍王統治的國家。

我不知道詳情，只是因為冬馬這麼說，我就相信並跟隨著他。
到那時候，我也有了名字。
因為用編號稱呼很奇怪，大家就幫我取了「董」這個名字。
我不知道原因，但是很高興。
只是旅程非常困難又艱苦。
我們也做了壞事。
偷走別人的東西。
但這是為了生存，我們沒有其他選擇。
對不起——我在心裡不停地道歉。
半路上，我因為病倒而陷入昏睡，醒來後發現有一個人不見了。
我問冬馬，他說那個人病死了。
當時有好幾個人神情僵硬，但我不知道原因。
即使如此，我們還是繼續旅行，登上高山。
那是個寒冷的地方，不過其中一位朋友有派得上用場的技能，我們才能夠翻越山脈。
山上遠處有人居住的地方，但我們沒有前去造訪，繼續前進。
但是我們飢腸轆轆，偷了食物，也……殺了動物來吃。
有人說很美味，但在那時候，我無論吃什麼都索然無味，不過飢餓感消失了。
連我自己也知道，我的身體出了問題。

在那之後，我們偶爾會襲擊人，搶奪食物和藥品。
因為其中有東西能讓身體舒服一些，我們不停搶奪他人。

我傷了人。
我本來不想下手那麼重，卻無法控制身體。
失去意識的時間也漸漸增加。
然後，再也沒有人走那條路了。
不，我記得只有一次看到了人，但那些人看來沒有攜帶貨物，又是從那座山上下來的，所以我們沒有襲擊他們。
因為他們身上大概沒有我們想要的東西。
當食物即將耗盡時，有商人從城鎮裡出來了。
冬馬說這可能是陷阱，但我們還是決定襲擊他們。
他們的人數也不多，如果錯過這次機會，不知道下一次會是什麼時候的不安驅使我們行動。
結果正如冬馬所料，那是陷阱，我們受到了激烈的反抗。
我採取攻勢，想要讓對手失去行動能力，但感到脖子疼痛，意識變得模糊。
然後……當我下一次恢復意識時，我正在攻擊眼前戴著面具的人。
我想要停下來，身體卻擅自行動。
意識只恢復了一瞬間，我知道意識又漸漸沉入黑暗中。

但那一秒，我彷彿感覺到有人接住了我。

沉重的身體變輕盈，溫暖的氣息包裹住我。

下一次睜開眼睛時，我脖子上的斑點消失了。

是冬馬他們告訴我的。

從此以後，我就不再受到疼痛所苦了。

冬馬他們也說他們的身體狀況現在很穩定。

聽說救了我們的少年名叫空。

當他拿下面具，第一次看到他的臉龐時，我覺得有種親切感。

為什麼呢？因為他是黑髮黑眸嗎？

另外，有一個粉紅色頭髮的小女孩在深夜獨自來找我們。

「我不會做出對你們不利的事情，現在請好好休息。」

她這麼說完就離開了。

我們聽到那番話後半信半疑，十分困惑，但正如她所說，我們明明做了壞事，卻沒有遭到追究，就此前往那座漂浮在湖上的城市。

第4章

「空，希耶爾的情況怎麼樣？」

當我醒來，看著躺在枕邊的希耶爾時，盧莉卡過來問我。

「症狀沒有變化，只是她現在連移動似乎都很困難。」

可能是對盧莉卡的聲音有了反應，希耶爾只睜開眼睛一秒又閉上。

老實說，現在的希耶爾精神不振到讓我很懷念她在空中活力十足地飛來飛去的模樣。

一開始她還會自己飛行，現在似乎連這麼做都很吃力。

她一天一天失去活力，搭上回程的馬車時，她可能是覺得自己飛行很吃力，一直待在我的兜帽裡休息。

在吃早餐前，我問希耶爾要不要吃點什麼，但她甩了甩耳朵，表示不需要。我覺得連她的耳朵都萎靡不振。

「下一班定期船會在十天後過來嗎……」

完成討伐盜賊委託後回來的第二天，薩哈娜來訪並告訴我這件事。

薩克和薩哈娜兩人目前不是住在旅館，而是住在馬爾提的領主宅邸。

雖然薩哈娜一臉不滿，但受到領主的使者哀求，她不甘情願地點頭答應了。

我不知道兩人和領主有什麼關係，但對於這個國家而言，龍人可能有頗高的地位。

「抱歉，即使用最快的速度也需要這麼多天。」

可能是因為我陷入沉思，薩哈娜突然道歉。

「啊，我並不是覺得不滿。這樣反倒更好……」

我告訴薩哈娜我們在利艾爾看到的枯萎草木、變黑的土壤，以及這次董的失控使草木枯萎的事情。

「所以我問冬馬他們有沒有發生過相同的現象，他們對此有些頭緒。所以我與他們討論過，認為可以的話，最好去確認看看。」

「……所以，我在想薩哈娜你們是否也願意同行。」

「咦，我們嗎？」

薩哈娜似乎對克莉絲突然的邀請感到驚訝，但她露出微笑。

這是因為克莉絲與薩哈娜交談的機會增加後，她覺得薩哈娜嘴上說是擔心薩克才跟來的，但她感覺也對阿爾提亞之外的世界很感興趣，所以克莉絲向我提議要不要邀請她。

「啊，那個，我想去。但是……不會妨礙到你們嗎？」

薩哈娜不安地瞥了我幾眼。

「我也只是跟著去而已，工作基本上是由米亞來做，絕對不會妨礙到我們喔。」

聽到克莉絲為了讓她安心而這麼說，薩哈娜高興地點了點頭。

「啊，這不是薩哈娜嗎？妳今天沒有和薩克在一起嗎？」

盧莉卡她們在此時回來，一看到薩哈娜就開口問道。

我理解她想說什麼。因為我們都覺得他們兩人是一組的。

「我、我也不是一整天都在照顧……都跟哥哥在一起的。」

「是嗎？那妳過來做什麼？」

我告訴盧莉卡她們，薩哈娜是過來通知我們下一次定期船到達的時間。

「這樣啊。那我們要去做確認嗎？」

「我是這樣計劃的。可以的話，我想明天出發。薩哈娜，妳可以嗎？」

「當、當然可以！」

「是、是嗎？那我想買一些東西，想去街上找找，妳們呢？」

我詢問盧莉卡她們後，她們說想要一起去，於是我們出門去購物。

「那你要買什麼？食材之類的還很充足吧？」

「嗯～我有想嘗試或想做的事情，所以要去收集會用到的素材吧。」

被米亞這樣問起，我不曉得該透露到什麼程度。

因為老實說，我也不知道是否能順利做出來，如果讓他們有所期待卻做不出來，我覺得會讓大家失望。

在那之後我們去逛露天攤位吃午餐，然後購買了大量的木材、礦石和橡膠等等。

盧莉卡她們看到那些東西，討論著我是不是又要用鍊金術製作什麼了。

薩哈娜聽到這些對話，對於我會鍊金術感到很驚訝。
「那麼，明天早上在門前集合，可以嗎？」
「好的，還有，哥哥真的也可以一起來嗎？」
「如果他本人說想來，那當然可以。但我們這次不是搭馬車移動，而是走路喔。」
「呵呵，這個沒問題的，哥哥一定也會說他要去才對。」
薩哈娜說完後，跳著走進領主宅邸。

「光、光，從今天開始又要一起相處了呢。」
看到薩克用緊張到分岔的聲音找光攀談，薩哈娜嘆了口氣。
光看起來沒有特別在意，點了點頭。
「那就出發吧。」
「你、你別掌握著主導大權！」
我催促大家出發時，薩克對我抱怨。
「吵死了。」「你好吵。」
但他馬上被光和薩哈娜斥責，變得垂頭喪氣。
米亞她們見狀只是露出苦笑。
根據冬馬他們的說法，出問題的地點有三個地方。
在克羅瓦地區有兩處，伏爾克地區有一處，方向完全相反。

如果無法在這九天內都去一遍，就只能等到從阿爾提亞回來後再處理，或是請薩哈娜轉告領主了。

旅途中看似一片和平，但其實與上次有不同之處。

那就是沒有了盜賊的威脅，路上可以看見馬車來往往往，在ＭＡＰ上也出現魔物的反應。

後者可能是因為之前有冬馬他們在，選擇躲到了別處。

因為動物和魔物察覺危險的能力都比人類還優秀。

「不過他們兩個都很健談呢。」

米亞瞥了後方一眼說道。

我們行走大道的隊伍是我和米亞帶頭，接著是克莉絲、薩哈娜、光和薩克、盧莉卡和賽拉，依序排列前進。因為散開來占滿路面行走會妨礙到別人。

薩哈娜與克莉絲正愉快地聊著天，而薩克用各種話題找光攀談，兩人看起來卻聊得不是很熱絡。

順帶一提，這個排序是聽從薩克和薩哈娜的期望決定的。

「欸，空，希耶爾的狀況還是一樣嗎？」

「嗯，沒有變化。她好像也沒有食慾……」

米亞很擔心在我的兜帽裡沉睡的希耶爾。

不僅是米亞，大家都很擔心她。

盧莉卡每次見到我都會詢問希耶爾的情況，光的食量也比平常少。

克莉絲經常跟她說話，但希耶爾可能是連回應都覺得吃力，沒有什麼反應。

我認為這與她消除了菫的奴隸紋有關……但我和米亞對她施予恢復魔法也沒有變化。米亞另外還嘗試了祝福和聖域，但都沒有用。

如果這種時候能使用鑑定調查就好了，可是很可惜，鑑定技能對希耶爾無效。

根據冬馬的說法，當他們受到奴隸紋的影響、身體不適時，吃下月桂樹果實，症狀就會減輕一些。

難道要治療希耶爾目前的狀態，只能靠月桂樹果實了嗎？

我們本來是為了尋找愛麗絲而前往阿爾提亞，但又多了另一個目的。

「我們差不多休息了吧，也到了午餐時間。」

今天希耶爾也對我的話沒什麼反應。

米亞說她有睜開眼睛一秒，所以她好像有聽到我們的聲音。

「你們兩個會不會累？」

「哼，這點程度不算什麼。」

「是的，我們不要緊。」

由於上次是搭乘馬車移動，所以我關心了一下薩克和薩哈娜，他們都回答沒有問題。

「哼，我的鍛鍊方式可沒有到那麼軟弱。」

薩克還是對我很嚴厲，應該說他總要與我較勁。

午餐是吃我放在道具箱裡的現成食物，休息一下後，我們再度啟程。

「就在這裡睡覺嗎？」

由於太陽已下山，我們決定在離大道有段距離的地方露營。

這次我們搭好帳篷，除了負責守夜的人，其他人都在帳篷裡睡覺。我們不常使用帳篷，但氣溫實在太寒冷了。

除了做料理的人以外，大家分成搭帳篷與監視周遭組，分頭做事。

「好好吃。」

「明天要不要一起做做看？」

米亞會問薩哈娜，似乎是發現到她剛才不時在偷瞄烹飪的情況。

「……我一定會失敗的。」

「不需要在意那種事，因為沒有人從一開始就能做得好。我也很常失敗喔。」

「如果妳有興趣，可以嘗試看看喔。」

薩哈娜有些退縮，但受到米亞和克莉絲邀請，很是猶豫。

晚餐後，我們講了一會兒薩克和薩哈娜想聽的旅行故事，就讓他們去休息了。

他們感覺還想聽更多故事，但如果不睡覺，明天難免會支撐不住。搭乘馬車的話可以在車上睡覺，但走路就不能這樣了。

守夜的人分成兩組。

首先是我、克莉絲、米亞和薩哈娜四人，然後是其餘四人。

我召喚出影，拜託牠警戒周遭。

我用ＭＡＰ確認過周遭沒有人或魔物，這是為了保險起見，另一方面也是我還想做一點事。

我開始從道具箱裡拿出各種用具時。

「你果然要製作東西呢。」

米亞對我這麼說。

「不知道能不能成功就是了。」

「你要做什麼呢？」

克莉絲也很感興趣似的開口問我。

「我打算製作馬車。」

為什麼兩位會在這時候露出傻眼的表情呢？薩哈娜正雙眼閃閃發光地看著我耶。

我先發動鍊金術，製作當成底座的箱子。材料以木材為主，要小心避免重量太重。

頂部是車篷，這裡使用青蛙人的素材來增強防雨效果。

之後我製作車輪，組裝起來。

我會分別製作各個零件，是希望只收集最好的部分，製作出最棒的馬車。

總之，這樣外殼就完成了。

我用變換技能回復消耗的ＭＰ。

「好、好厲害！」

薩哈娜純真地稱讚我。

「問題在於內部的裝潢。」

我曾想過要怎麼裝潢，但還是找米亞與克莉絲商量。

「我想想，如果要設置座椅，我認為最好把椅子靠邊擺放，中間留出空間，這樣有緊急狀況時可以立刻離開馬車。」

以普通的公共馬車來說，票價便宜的馬車大多沒有座椅，會直接坐在地板上。

這好像是因為馬車有時候會出租給商人，如果有座椅就無法載運太多貨物。

我們不用擔心貨物問題，所以接下來要讓座椅配上品質好的座墊，讓我們能舒適地移動。

另外，我也沒忘記裝上剎車。三人似乎是第一次看到剎車，不知道那是什麼，不解地歪頭。

完成以後，我先讓三人試坐，確認坐起來的感覺。

我察看ＭＡＰ確認周遭沒有可疑的反應後，召喚出艾克斯，把馬車收進道具箱。

我指示艾克斯監視帳篷，和影一起移動到大道後取出馬車，讓影來拉車。

這時克莉絲她們坐在座位上，我則坐在駕駛座上。

「坐起來感覺如何？」

「還不賴呢。」

「是啊，不怎麼晃，很不錯。」

「和前陣子乘坐的馬車完全不一樣。」

三人都給予好評。

我也知道了以影的力量，也能毫無問題地拉動馬車。

只是速度還很慢。

「那麼，要稍微加速嘍。」

我下達指示後，影緩緩地加速。

馬車行駛了一段路後掉頭，返回原本的地方。

「那麼，感想如何？」

「速、速度變快時，車體就會晃吧？」

聽到米亞的話，薩哈娜也點點頭。

果然提升速度就無法完全消除震動了。這需要改善。

「是嗎？這種程度我可以接受，我認為沒什麼問題。」

克莉絲若無其事地回答，而米亞和薩哈娜用難以置信的眼神看著她。

「那我們從明天開始要搭馬車移動嗎？」

「白天會被人看到，很難這麼做吧？若是晚上，其他人都在休息就可以使用。」

實際上，在ＭＡＰ上沒有正在移動的反應。

「說得也對，畢竟魔像很引人注目。」

在那之後我們返回營地，在換班之前聊著各種關於馬車的話題，之後才休息。

「今晚要在這裡做料理嗎？」

盧莉卡會感到疑惑也無可厚非。

因為我們平常都會選擇遠離大道的地點露營，在那裡做料理。

她的反應讓米亞、克莉絲和薩哈娜三人露出意味深長的笑容，點點頭。聽到我說不需要準備帳篷，盧莉卡也覺得很可疑。

順帶一提，我還沒有告訴盧莉卡他們昨晚製作了馬車。

我覺得可以告訴他們我製作了馬車的事情，但另外三人說想要給他們一個驚喜。

只是開始做料理後，薩哈娜緊張地握著小刀，另一隻手拿著蔬菜。

接下來也許是要切蔬菜，她表情認真地聽著克莉絲的說明。

即使隔得老遠也感受得到薩哈娜很緊張，但我看得出來薩克比她更緊張。

他心神不寧地抖著腿。

「薩哈娜沒問題的，和薩克不一樣。」

光無情的一句話，讓他按住了胸口。

薩哈娜切好蔬菜後，開始在鐵板上翻炒。這次她純粹只用蔬菜炒菜，因為肉類料理是由米亞製作。

等蔬菜炒熟後，最後用調味料調味。

這次薩哈娜選擇的是高湯風味的調味料。她一點一點地撒上去，調整味道。

最後，料理用了比平常多一倍以上的時間才完成。

「空，怎麼樣？」

「嗯，很好吃。」

聽到克莉絲的話，我沒有忘記稱讚。

薩哈娜聽到以後，鬆了一口氣。

蔬菜的大小有些不均勻，但有確實炒熟，調味以第一次嘗試來說也做得很好。

薩克……吃得非常快，但最好再細嚼慢嚥一點喔。

不過看到他的樣子，薩哈娜似乎很高興。

她或許是配合薩克的口味來做菜的。

「那麼，我們沒有準備帳篷，接下來該怎麼辦？」

盧莉卡這麼問後，克莉絲她們看向我，所以我們朝大道那邊移動。

我用ＭＡＰ確認過周遭情況後召喚出影，接著從道具箱取出馬車。

「主人，馬車？」

「對，是馬車。」

「空，這是怎麼回事？」

「這是我昨天做的。」

「啊，這就是你說不需要準備帳篷的原因嗎？」

聽到盧莉卡的話，我點點頭。

光似乎被勾起了興趣，第一個坐上馬車，薩克也跟著光上了車。

接著賽拉和盧莉卡也上車，最後是米亞她們三人也跟上去。

我坐在馬夫座上，指示影向前進。

雖然多載了四個人，影也毫無問題地拉著馬車前進。

速度……稍微放慢一點吧？

「大家可以睡覺喔。雖然以這個人數來說，沒有足夠的空間能躺下來。」

如果是四個人左右還可以躺下，但七個人就有困難了。

另外要睡覺時，需要在車廂中央的空間設置平臺。這個當然也已經做好了。

「我聽克莉絲提過了。躺下睡覺比較能消除疲勞，空，準備臥鋪吧。」

「不，七個人會很擠喔。」

「這個沒問題。我和盧莉卡會坐在馬夫座上。」

若是光她們三個嬌小的女孩，即使有五個人也能擠一擠吧……嗯，薩克看起來有點難受，但應該沒問題。

「空，我們會在途中和你換班的，要叫醒我們喔。」

克莉絲和米亞會先休息，是為了代替我對影下達指示。

我是設計成所有同伴都能發出指示，但米亞和克莉絲畢竟是對此最熟悉的人。

我說我有平行思考技能所以沒關係，卻被她們訓斥了，叫我要好好休息。

於是我在途中叫醒克莉絲、米亞和光，與她們換班。

之所以會一併叫醒光，是因為她有偵察能力。

我拜託三人在日出前叫醒我就去睡覺了。

這是因為從換班前已前進的距離來看，我認為大約在那個時段能抵達目的地，一方面也是為了避免被其他通行大道的人們目擊的風險。

「所以克莉絲，保持現在的速度就可以了喔。」

我提醒她不要加速。

我把馬車收進道具箱，吃完一頓較早的早餐後，我們開始移動。

向冬馬他們打聽到的其中一個地點應該就在這附近，但我們不知道準確的地方，最終可能需要分頭尋找。

我們離開大道，朝山的方向走去。

穿越草原區域後，接著進入森林。

一開始是平坦的道路，之後慢慢開始傾斜。看來我們已進入了山中。

「停。」

前進時，光突然停下腳步。

薩克和薩哈娜不解地歪歪頭，但我們知道。

「有魔物。」

那句話讓兩人舉起武器，環顧四周。

「冷靜點，距離還很遠。而且魔物大概是狼，數量有五隻。」

聽到光的話，兩人大大深吸一口氣。

我拿出盾牌準備往前走，盧莉卡阻止了我。

「那就由我、賽拉、小光、薩克和薩哈娜各打倒一頭狼吧。」
我看向盧莉卡，她就對我說「交給我們吧」。
「你們沒戰鬥過嗎？」
「是、是的，我們沒跟狼戰鬥過。」
「別擔心，以你們的實力，只要冷靜戰鬥就能輕鬆取勝。」
聽到盧莉卡這麼說，兩人看起來都放鬆了一些。
比我第一次面對魔物時更冷靜。
不過我是突然被捲入戰鬥中，所以當時只顧著拚命戰鬥，毫不從容。
「狼的行動很敏捷，薩克，你要小心不要大幅揮動武器。」
「這裡是在森林中，使用魔法時需要留意。不過以薩哈娜的實力，我認為用長槍就足以打倒狼了。只是用長槍戰鬥時，請小心別勾到樹木。」
光和克莉絲更給兩人建議。
米亞使用了保護魔法，因此我也為兩人施放護盾。
「欸，空，可以把狼引導到這邊來嗎？」
「……應該沒問題。」
我在MAP上確認影的位置後回答盧莉卡。
「那我們移動到薩哈娜更方便戰鬥的地方吧。」
當我們移動到樹木不多、有一定寬敞空間的地方，我馬上使用影把狼引過來。

在這段期間，我們也開始做準備。

光、盧莉卡和賽拉三人躲進森林中，似乎打算在那裡解決狼。

光跳到樹上。

薩克看到後大喊「我也要！」，但我駁回了。

他用非常不滿的表情看著我，馬上就被薩哈娜罵了。

「要來了。」

在我們舉起武器的幾分鐘後，我察覺到影正在靠近。

像在回應我的聲音，看得見影穿梭在樹木之間，朝這邊奔來。

兩頭狼追逐著牠，已經有三頭狼的反應消失了，真有效率。

影來到廣場就跳躍起來，越過了我們。

狼接著出現，撲向站在前方的兩人。

狼不可能打得過本來就動作精湛的兩人，戰鬥一轉眼就結束了。

薩克精確地揮下劍，狼無法躲開那一劍而斃命，薩哈娜則是先躲開攻擊，錯身而過時刺出長槍，解決了狼。

「嗯，結束了？」

薩克挺起胸膛，一臉自豪地面對戰鬥結束後不久回來的光。

「扣分，這樣報酬會減少。」

卻聽到她這麼說，他感到很困惑。

「薩哈娜做得很好，可以高價賣出。」

我告訴兩人光想說的話。

若是要把素材賣給公會，打倒魔物時盡可能不損壞皮毛等素材是很重要的。

「不過你做得很好，如果你平常就不大動作揮劍戰鬥，就能變得更強……應該吧？」

薩克得到光的稱讚，害羞不已，但他可能沒有聽到最後一句話。

薩哈娜的表情有點傻眼，不過克莉絲也稱讚她之後，她露出了笑容。

在那之後，我們再度開始移動，但還是沒有明確的地標，所以尋找起來很困難。

「是不是大家分頭去找比較好？」

當我不禁這麼說的時候。

在我的兜帽裡休息的希耶爾動了。

希耶爾從兜帽裡爬出來，坐在我的肩膀上，不久後把耳朵歪向右邊。

「希耶爾？」

我不禁呢喃著看向希耶爾，她的眼睛睜大了僅僅一秒。

「妳的意思是要我們往那邊走嗎？」

看到她輕輕地點頭，我邁步前進。

她在路上會不時用耳朵修正路線，我聽從她的指示前進。

米亞他們也默默地跟著突然往前走的我。

我按照希耶爾的指示前進，感覺到空氣慢慢變沉重的奇怪感覺，也開始聞到某種東西腐爛的氣味。

最後我們抵達的地方……是一片草木枯萎，土壤變成黑色的土地。

「希耶爾……」

我看向希耶爾，看到她正鑽回兜帽中。

她似乎忍受著不適，告訴了我們地點。

『謝謝。』

我發出心電感應後，兜帽只搖晃了一下。

「是希耶爾找到的嗎？」

「對。」

「……那我先進行淨化吧。」

「請等一下。」

米亞正準備詠唱魔法時，薩哈娜制止了她。

「薩哈娜？」

「可以的話，我想帶一點回去。」

米亞為難地看向我。

這一帶的狀態的確比我們在利艾爾附近看過的地方還糟糕。我使用察覺魔力時，感受到魔力有扭曲的現象。

我思考著該怎麼辦……突然想到了什麼，打算鑑定看看。

【艾羅歐斯之土】被詛咒感染的土壤，會產生不死生物。

在利艾爾的時候，沒有顯示出這麼明確的結果。

我告訴薩哈娜鑑定結果。

「……去圖書館調查？不，還是問父親大人……？」

之後她喃喃自語，但可能是判斷帶回去很危險——

「因為很危險，我就不帶回去了。米亞小姐，拜託妳了。」

她低下頭拜託米亞。

米亞點點頭後潑灑聖水、詠唱祝福，又使用聖域圍住變色的土地。

一時沒有產生變化的土地冒出黑色的蒸氣，黑色慢慢地消褪。

我見狀又進行鑑定，方才看到的【艾羅歐斯之土】的結果並沒有出現。

由於太陽已完全下山，我們決定今天在森林中住一晚。

我們回到先前與狼戰鬥的地方，在那裡用魔法建造了房子。

「要解體嗎？」

「嗯，由我和薩克來。」

看來光要教薩克解體狼的方法。

因此我們把人手分為解體組和烹飪組。

解體由光、盧莉卡、賽拉與薩克四人負責，我建造了一個解體用的房間，讓他們在那邊進行作業。

「……那個，我可以問一個問題嗎？」

「嗯？什麼事？」

「請問希耶爾是誰？」

開始做料理一段時間後，薩哈娜像想起什麼似的問我。

「妳是從哪裡知道這個名字的？」

「……我剛才聽到空先生和米亞小姐喊了那個名字，還有，空先生一個人曾自言自語地喊過那個名字喔。」

冷靜想想，我不是用心電感應傳訊，而是說出了口。

我停下做菜的手，直盯著薩哈娜。

她已經知道了許多事情，對精靈似乎也懷抱著憧憬，應該可以告訴她。

其實我想在希耶爾健康的時候介紹給她認識，但這也無可奈何。

「希耶爾是與我締結契約的精靈名字。」

「咦！空先生也是尖耳妖精大人嗎？」

在這個世界，與精靈關係親近的通常都是尖耳妖精，所以薩哈娜才會這麼認為吧。

「不是的。該怎麼說呢，她是與眾不同的精靈，雖然不知道理由，但我能和她締結契約。」

我不知道普通的精靈是什麼樣子，實際上，我看得見的精靈也只有希耶爾，所以我認為是她與眾不同。

「是、是這樣嗎？」

「是啊，有句話叫事實勝於雄辯，妳戴上這個看看。」

我這麼說著，遞給她艾麗安娜之瞳。

薩哈娜不解地接下後，瞪大眼睛。

她的目光注視著我頸部的兜帽。

「咦！」

也許是感到吃驚，薩哈娜拿在手中的艾麗安娜之瞳掉到地上，她慌忙地撿起來。

「那個，有個白色的生物在空先生的兜帽裡！」

那個聲音讓兜帽晃了晃，但立刻平息了。

「那個，我覺得她好像沒什麼精神。」

「嗯，其實……」

我告訴她堇的事情，加入我的推測來說明希耶爾當時做了什麼，也解釋了艾麗安娜之瞳——能看見精靈的魔道具。

「原來發生了這樣的事……」

薩哈娜聽完以後很驚訝。

「她之前也曾因為過度使用力量，變得很沒精神，但很快就恢復過來，表現得很有活力，可

是這次已經好幾天都處於這種狀態了。」

「……她不要緊嗎？」

「所以我想問問妳。我在馬爾提的商業公會聽說了月桂樹果實的事，在阿爾提亞會更容易取得這種果實嗎？」

「月桂樹果實嗎？」

我告訴她從冬馬那裡聽來，他們吃下月桂樹果實後身體狀況稍有好轉的事情。

據說當時他們有一半以上的同伴都身體狀況不佳，所以大家一起分食，一個人能夠分到的分量很少。

既然如此，如果吃下一整顆果實不曉得會如何，我認為值得一試。

……不對，是除此之外，我想不到其他辦法。

「抱歉，我不清楚這種事情。不過，問姊姊或許會有辦法。」

「對了，妳說過妳有姊姊。」

「是的，她是我引以為傲的姊姊。」

薩哈娜回答米亞的語氣很高興。

「那麼不好意思，可以拜託妳問問她嗎？我們前往阿爾提亞之後，也打算去商業公會打聽看看。」

「我知道了。啊，那麼，我可以在說明時提及精靈大人……希耶爾大人的事情嗎？另外，我可能也會告訴父親大人。父親大人也很珍惜精靈大人，我認為他不會做出對她不利的事情。」

「可以拜託妳嗎？」

如果這樣能提升獲得月桂樹果實的機率，我認為無妨。

料理準備好後，我們正在閒聊時，光他們從隔壁房間走了出來。

我從光手中收下一些解體後取得的素材。

「喂，這些也給你保管。抵達阿爾提亞以後，別忘了還給我。」

薩克這麼說著，也把素材交給了我。

盧莉卡後來告訴我，那些是薩克和薩哈娜狩獵的狼的素材，他說回去以後要交給家人。

那一天我們派影和艾克斯守夜，所有人一起休息。

隔天我們早一點起床出發，在午餐前抵達了大道附近。

在準備料理的期間，我不知為何與薩克進行了模擬戰鬥。

與第一次模擬戰鬥時相比，他的動作進步了不少，但我的實力還是在他之上。

吃完午餐與休息後，我們走在大道上，往克羅瓦地區前進。

我們在途中被好幾輛馬車超越，也跟反方向駛來的馬車擦身而過。

我們一直走到太陽下山，然後吃了晚餐，確認過ＭＡＰ後坐上由影拉的馬車。

「因為有點距離，我要加快速度喔。」

我告知大家一聲後讓影開始奔跑，坐在我旁邊的米亞驚訝地抱住我的手臂。

手臂碰到了柔軟的東西，但這時要保持平常心。

最後可能是影太過努力，我們在太陽升起的許久之前就抵達了目的地，於是我叫醒大家，移動到別處。

我們在吃完早餐後小睡一會兒，但因為有希耶爾的幫助，當天就抵達了目的地。

那裡與第一個地點相比，受損規模較小，即使我進行鑑定也沒有出現【艾羅歐斯之土】這個結果。

米亞也說淨化起來比較輕鬆。

我們馬上走回大道，沿著來時路折返並通過馬爾提，前往伏爾克地區。

我們本來預計如果時間緊迫就去馬爾提，請薩哈娜向領主說明情況，看看能不能拜託他調整定期船的出航時間，但按照目前的步調，應該可以趕上。

因為定期船要裝卸貨物，一定會在港口停留一天。

「可惡，我又輸了。」

從馬爾提啟程後的第七天。自從我和薩克進行模擬戰鬥的那天以來，我每天都會跟薩克打一場模擬戰鬥。

今天我們也交手了，薩克看起來很不甘心。

「那麼，今天也來開檢討會吧？」

盧莉卡遞水給倒地的薩克時說道。

薩克接過水一仰而盡，老實地點點頭，站了起來。

與我打完模擬戰鬥後，光她們三人會對他進行指導。

我以前也經常受到盧莉卡訓練，我記得賽風也會參加，讓我吃了很多苦頭。

「你在想什麼往事嗎？」

米亞感到困惑地發問，但知道緣由的克莉絲面露苦笑。

「空先生，哥哥的表現怎麼樣？」

「他每天都在變強。」

聽到我的回答，薩哈娜露出笑容。

雖然說話很狠毒，但她看到哥哥成長，還是很開心吧。

「這樣嗎……但是他會得意忘形，我希望空先生照這樣繼續努力。」

這意思是叫我別輸給他嗎？

我可能露出了微妙的表情，被米亞和克莉絲取笑了。

那一天我們也在白天步行，晚上搭乘影拉的馬車移動。

隔天早上，我們離開大道，前往位於山腳的一座森林。

根據冬馬的說法，那座森林裡有一個樹木密集，枝葉正好形成屋頂的地方，他們有一段時間把那裡當作據點。

「有魔物的反應呢。」

「嗯，這個不是狼。」

雖然所在位置與希耶爾指示的方向不同，但最好還是先打倒牠。

我告訴大家要偏離路線，為了打倒魔物，走向有反應的地方。

出現在視野中的是像山豬的龐大身軀，光看到後有點高興。

「米亞。」

我回過頭，把希耶爾交給米亞。

「我來吸引牠的注意，拜託你們解決牠了。」

我從道具箱裡取出盾牌。

「嗯，薩克去打倒主人擋住的個體。」

光如此說道，靈活地跳上了樹枝。

我確認光的動作停止後，使用挑釁。

於是大野豬的眼睛同時鎖定在我身上，發出咆哮聲並衝過來。

可能是這一帶成為了牠們的地盤，樹木之間的間距能讓大野豬龐大的身軀輕鬆通過。

就像在利艾爾那時一樣，我使用了土魔法大地之牆。

大野豬的數量有三頭，只要讓其中兩頭的速度變慢，光和……盧莉卡應該就能在這段時間內解決牠們。

賽拉這次留在現場。她是米亞他們的護衛，兼作薩克無法解決時的輔助人員嗎？

我曾這麼想，但可能是模擬戰鬥的成果，薩克一擊就解決了被我擋下衝撞的大野豬。

我把大野豬收進道具箱裡，然後依序去找盧莉卡和光。

奄奄一息的大野豬倒在光的腳邊。

「主人，這隻大野豬沒問題吧？」

我明白光想知道什麼，因此對倒下的大野豬進行了鑑定。

「沒什麼奇怪的地方，沒有問題。」

即使進行鑑定，也沒有顯示詛咒狀態。

光聽到這句話，補上最後一擊。因為死亡之後就看不到狀態了。

「雖然現在不能馬上開始，但晚點來解體吧。」

「嗯。」

光臉上浮現燦爛的笑容。

因為在利艾爾時，大野豬最後都銷毀了，讓她十分失望。

「哥哥，你怎麼了？」

我聽到薩哈娜的聲音，看向薩克，他正呆愣地看著光。

光似乎也注意到了，微歪著頭，看著薩克。

薩克紅著一張臉別開目光。

「呵呵，小光的笑容太有破壞力了。」

米亞看著那一幕愉快地說。

雖說她比以前更常笑了，但還是很少見。

我把光打倒的大野豬收好後，我們原路返回，再次依照希耶爾的指示在森林中前進。

大約走了一小時時，我停下腳步。

「怎麼了嗎？」

「不，沒什麼，我們快點前進吧。」

克莉絲的聲音讓我回過神來，邁步前進。

我發現了看似藥草叢生地的地方，但現在要忍耐。

又走了大約一小時後，我們抵達了冬馬所說的地方。

「米亞，拜託妳了。」

「嗯，交給我吧。」

我一邊看著米亞進行作業，一邊警戒周遭。雖然我透過察覺氣息得知附近什麼也沒有，但畢竟不知道會發生什麼情況。

不過淨化作業順利地結束，這麼一來，三個地方都淨化完了。

「要休息一會兒嗎？還是要馬上回去？」

「……我們回去吧。」

克莉絲用眼神示意，除了薩克以外的其他人都點點頭。

我走路時不會疲倦，所以沒關係，但克莉絲她們也變強壯了呢，在地下城受到了鍛鍊肯定也是原因之一。

我一邊這麼想，一邊往前走時——

「空，請稍等一下。」

克莉絲在途中叫住我。

「妳還是想休息一下嗎？」

我問道。

「我想想，就在那裡休息吧？」

盧莉卡對我說。

她指的方向……是那個看似藥草叢生地的地方。

「剛才你好像很想去那裡。」

聽到賽拉的話，盧莉卡、克莉絲和米亞三人都笑了。

薩克和薩哈娜看起來不太明白。

至於光……她的腦袋大概幾乎都被大野豬肉占據了。

「反正今天之內肯定無法回到大道上，順路做點別的事也無妨吧？」

聽到那句話，我有點猶豫，但最後坦率地接受了大家的好意。

為了提升技能的熟練度，其實我個人已經消耗了相當多的藥水。

所以發現藥草叢生地的時候，我很想採集。

克莉絲她們也知道這一點，所以才會提議順道過去那裡吧。

「那麼空，你就像平常一樣努力採集吧。薩克交給小光，薩哈娜……由克莉絲指導分辨藥草的方法，同時採集就行了。」

聽到盧莉卡的話，薩克和薩哈娜坦率地點點頭。

看來這不只是為了我，也是為了讓那兩人體驗採集藥草。

既然知道是這樣，我就努力採集藥草。藥草沒有被採集過的跡象，應該沒有人來這裡採集。
結果我們採集了將近兩小時，所以決定這天就在森林中過夜。
因為在森林中可以建造房屋，舒適地度過時光。
「主人，我要解體。」
因為大野豬體型龐大，大家打算先解體光打倒的那一頭。
而且因為沒有人解體過，從書中看過解體方法的克莉絲會陪同參與。
「薩哈娜也要去那邊嗎？」
我詢問用目光追逐克莉絲的薩哈娜。
「我要做料理。」
她這麼回答。
那今天就做一點至今沒做過的料理吧。
我用魔法製作了新的石窯，決定做比薩。
薩哈娜似乎是初次看到這種料理，感到很驚訝，但馬上就轉換心態，開始認真地聽我說明。
在那之後，光拜託我燒烤解體完的大野豬肉，又以她想用的調味料來調味。
她吃得很美味的模樣再度讓薩克看得入迷，但看到她那麼幸福的表情，這也無可厚非吧？
我們把守夜工作交給影和艾克斯，一起休息。
不過我沒有馬上就寢，開啟了狀態值。

姓名「藤宮空」　職業「魔導士」　種族「異世界人」　無等級
ＨＰ580／580　ＭＰ580／580（＋200）　ＳＰ580／580
力量……570（＋0）　體力……570（＋0）　速度……570（＋0）
魔力……570（＋200）　敏捷……570（＋0）　幸運……570（＋0）

技能「漫步Ｌｖ57」
效果「不管走多少路也不會累（每走一步就會獲得1點經驗值）」
經驗值計數器　158171／1410000
技能點數　3

雖然會搭乘影拉的馬車移動，但我們白天是徒步移動，所以能賺取經驗值。
昨晚我確認狀態值時就覺得今天會升級，漫步的等級一如預期，升到了57。
這麼一來，技能點數變成了3點。我是很在意時空魔法，但學習這個技能會耗盡技能點數。
漫步技能的等級也變得越來越難提升了，暫時先保留點數吧，畢竟說不定會出現突然需要的技能。
而且即使現在學會，我也無法使用時空魔法，就算減輕ＭＰ消耗技能的等級提升、可以使用了，一旦消耗ＭＰ使用時空魔法，我會沒有餘力使用轉移或其他魔法。

閒話・5

「你剛剛……說什麼？」
那個聲音帶著明顯的怒氣。
男子低著頭，倒抽一口氣……重述了一次同樣的話。
這件事必定會傳到國王耳中，在這時說謊也沒有用。
「勇者們搭乘的馬車，遭到魔人襲擊了。」
嘎吱聲響起。
漫長的沉默持續下去，男子越發口乾舌燥。
「……最後怎麼樣了？」
比平常更低沉的聲音，讓他的身體顫抖。
「……是。偕同的第二騎士團半毀，有許多人傷亡。」
「……勇者們呢？」
「劍王、劍聖都平安無事。聖騎士負傷。聖女和魔導王因為魔力耗盡而昏迷不醒……精靈魔法士則被魔人帶走了。」
根據報告，他們也對魔人造成了傷害，但沒有打倒魔人。

男子是認為以目前的裝備來說，能擊退魔人已值得讚賞，但國王應該不會接受。

「……為何會發生這種事？勇者們的行蹤應該是最高機密啊。」

不出所料，那明顯是國王心情不悅時的聲調。

「……這只是假設，但我們已確認從滯留於普雷克斯的人口中聽到了與龍素材有關的情報。討伐龍的事情應該也只有少數人知情，這個消息會……」

「這個消息會在外流傳，代表有人說出去了？」

「……是的。」

「你認為魔人們是聽說了討伐龍的事情，來削弱我們戰力的嗎？」

「……屬下認為那是一種可能……還有……」

「還有什麼令你在意的事情嗎？」

「魔人可能已經知道了勇者的存在。」

「嗯，為何你會這麼想？」

男子提及一名與勇者們同時期召喚過來的少年。

那個人的消息，隨著魔人的目擊情報一起消失了。

雖然不確定那個少年是被歐克還是被魔人所殺，但如果是後者，那他在被殺害前，也有可能向魔人透露了還有其他被召喚者存在。

「那個只會送貨的小鬼嗎……當時還以為能拿他當煙霧彈迷惑魔人，卻適得其反嗎？」

「……是的。」

雖然只是有這個可能，但是這十年來都沒有出現等級足以討伐龍的冒險者。雖然帝國有狩獵過龍的優秀冒險者，但帝國知道那個人不會去其他國家。

所以，把這次討伐龍的傳聞，和召喚異世界人一事聯想在一起並不奇怪。

「……總之，去普雷克斯進行調查，查清楚關於龍的情報是如何傳開來的，讓造成情報外洩的人負起相對應的責任吧。」

男子正準備回答時，房門突然打開，有人走了進來。

在王城中，也只有少數人知道這個房間的位置才對。

男子轉頭看去，來者是臉漲得通紅的中年男子——宮廷魔導師的首領。

「什麼事？」

國王的心情顯然很糟，這是理所當然。

但中年男子似乎十分亢奮，他沒有注意到這一點，走近國王後行禮。

「劍覺醒了。」

如此說道。

聽到那句話，先前國王散發出來的不悅氣息消失了。

「真的嗎？」

「臣已親眼確認過。」

「嗯，那朕待會也過去確認。」

「勞煩您了。」

中年男子深深低頭行禮。

劍……為了真正的勇者而存在，世界上僅此一把的聖劍。平常存放在王城內稱為劍廳的房間裡，只有具王族血統之人和勇者才能進入那裡。

至於中年男子為什麼會知道這件事，應該是多虧了鑲嵌在劍廳門上的寶石。

相傳當寶石從藍色變為紅色時，劍就會覺醒，也就是勇者會覺醒。

「嗯……那等勇者們一歸來，就祕密調查是誰覺醒為勇者吧。」

男子認為勇者的存在非常適合用來提振我方的士氣，但國王似乎想隱藏其存在。

國王一定有什麼考量吧。

男子深深低頭行禮，靜靜地離開了。

第5章

從馬爾提出發後，正好第十天的早上，我們成功回到了這裡，這都是多虧了影馬車。

我看著緩緩變大的馬爾提，在港口那邊有一個大型建造物。

「欸，那個是……」

「對，是船隊吧。」

我明白米亞想要說什麼。那個是船吧。

不知道是比預定時間提前一天到達，還是更早之前就來了，至少上次經過時……是晚上，馬車又為了不被人發現，行駛得很快，所以我沒有餘力去看。

不久後我們來到馬爾提的入口，那裡有一位衣著光鮮的中年男子正忙碌地轉來轉去。

那名男子一發現我們就跑向這邊。可能是跑累了，他氣喘吁吁，看起來很難受。

「怎麼了？」

薩克一臉不解地問那名男子。

「因、因為船已經抵達，但各位還沒有回來城鎮，所以我在等著各位。」

即使氣喘吁吁又難受，男子還是回答了薩克的問題。

「船比預定時間還早抵達了嗎？」

「是、是的，所以已經準備好出港了，請問各位打算怎麼做呢？」

據他所說，定期船是在兩天前抵達的。

正好是在我們經過馬爾提城門前的隔天到達的嗎？

還有，冬馬他們已經上船了。

「空先生，要怎麼做呢？如果很疲憊，我認為可以在旅館住一晚。」

聽到薩哈娜的那句話，男子的表情僵硬。

「啊～我不要緊，大家呢？」

看到那樣的表情，我不忍心拒絕他。

其他人似乎也跟我有相同的看法，男子鬆了口氣。

「那麼我馬上替各位帶路！」

我們在男子的帶領下辦完了進入馬爾提的手續，馬上走向港口。

一進入城鎮，理查等騎士正等候著我們，不知為何，我們被圍在中間走動。

這讓我們受到居民的注目，感覺非常不自在。

不在意的人只有光、薩克、薩哈娜……以及賽拉。

尤其是在中央廣場擺攤的熟人老闆們，都投來猜測的目光。

「那麼，請各位小心。」

男子在我們登船時，深深地低頭行禮。

近距離看到的船十分巨大，震撼力十足。

一進入船內，我先看到堆積如山的木箱。兩邊有樓梯，爬上去就可以到甲板。

基本上貨物要存放於這個空間，人也在此等待，不會經常去甲板上。

順帶一提，聽說驅動船隻的動力爐位於下方，但那裡似乎禁止進入。

妳不需要一臉歉疚地這麼說喔。

這大概是因為在旅行途中，我曾問過薩哈娜這艘船是如何駛動的吧。

「可以去甲板上嗎？」

「可以，沒有問題。不過那裡沒有什麼特別的。」

聽到那句話，我先去見冬馬他們，使用鑑定確認沒有什麼異狀後登上甲板。

雖然船還沒有出港，但正好在我們登上甲板的時候開始緩緩移動。

「船在前進。」

船一開始航行，光就衝了出去。

周邊有防止跌落的欄杆，應該不會有問題，但我們也跟在她後面走，只有薩克跑著追上她。

「主人，我們在水上前進耶，真不可思議。」

光似乎對正在緩慢前進的船感到很興奮。

相反的，米亞與克莉絲從甲板探頭往下看，覺得很害怕。

「風很舒服呢。」

「如果馬車也這麼安靜就好了。」

賽拉看起來很愜意舒適。

盧莉卡，妳的意思是要我改良嗎？

我一邊眺望波光粼粼的湖面，一邊將視線投向前方。

阿爾提亞位於前方，隨著逐漸靠近，可以看得很清楚。

從馬爾提的高塔上看到的阿爾提亞很美，宛如一幅畫，但看到如今近在眼前的阿爾提亞，我不禁屏息。

一言以蔽之，那是一座堅固的要塞。外觀給我這樣的印象。

「好驚人啊。」

米亞仰望著那巨大的外牆說道。

聽說除了這艘定期船以外的船隻無法靠近島嶼，他們究竟預想到什麼情況，才建造了如此堅固的外牆呢？

魔人？

我的腦中瞬間浮現這個想法。

但魔人可以飛行，應該不是這樣吧。

「怎麼樣，很驚訝嗎！」

看到我們驚訝的樣子，薩克挺起胸膛。

「驚人的又不是薩克。」

「就是啊，你完全搞錯了，哥哥。」

不過受到狠毒的批評，他馬上就失去了那股活力。可能是這次光也吐槽了一句話，他受到的打擊看起來比以往還大。

「差不多要到了。」

彷彿在等著薩哈娜的這句話，眼前的外牆逐漸向左右分開。

船配合外牆放慢速度，慢慢駛入牆內。

然後船隻完全停止時，背後傳來外牆關閉的聲音。

港口只有幾個人，但他們迅速準備好跳板，把貨物搬運出來。由於幾乎都是空箱子，似乎不需要多少人手，體格強壯的男子們輕鬆地搬運著箱子。

而且薩哈娜說下一次出港最快會在十天以後，所以我們或許不需要著急。

但是……

我不禁仰望天空。

正確來說，是仰望像要遮蓋住阿爾提亞天空的茂盛樹木枝葉。

「真不可思議。」

克莉絲也同樣仰望樹木，將視線轉向城鎮。

沒錯，阿爾提亞的城鎮上空明明被枝葉遮蔽著，陽光卻能確實地照射下來。

就像枝葉只讓光線透過一樣。

最重要的是，望著這棵樹，心情會不可思議地感到平靜。

「那麼，接下來要怎麼做才好呢？」

至少需要找旅館住宿。

然後是被收留在這座城市的奴隸情報，與月桂樹果實……薩哈娜說會向她姊姊打聽，那就拜託她幫忙吧。

「……我們也必須回家一趟，我會介紹熟人開的旅館，應該說是可以住宿的地方給你們，所以空先生，請你們好好休息。」

聽到薩哈娜說要回家，薩克的肩膀顫了一下。

在那之後我們走下船，在薩哈娜的帶領下，走在阿爾提亞的城內。

阿爾提亞的城鎮看來是以城堡為中心，以圓形擴展開來。我們目前所在的地方還是最高處，越往中心走地勢越低。

所以現在我們正在走下緩坡。

建築物和聖都彌沙及瑪喬利卡一樣，大多為西式風格。

只是彌沙和瑪喬利卡的街景井然有序，但阿爾提亞這裡離市中心越遠，街景就越雜亂。

這似乎與阿爾提亞必須在有限的土地上過活的特殊情況有關。

因為收留了奴隸，使人口增加好像也是原因之一。

阿爾提亞雖然收留了奴隸，但絕不會強迫他們在這座城鎮生活。如果他們因為奴隸生活導致精神受創，政府會提供照顧直到創傷痊癒，如果他們身無分文，送到外面會生活困頓，政府就會安排工作給他們，並告知他們只要存到一定程度的錢，就可以離開。

然而，絕大多數人都選擇直接留在阿爾提亞生活，因此人口不斷增加。一定是這裡居住起來很舒適。

「哎呀，這不是薩哈娜……小妹妹嗎？好久不見，還有……」

我們進入一棟建築物，屋內的女性想與薩哈娜攀談，但注意到我們的存在，她露出困惑的表情。

「這幾位是幫助過我們的人。」

當薩哈娜這麼說，那名女性立刻露出笑容。

「是這樣嗎？房間空著，請好好休息。」

「那麼空先生，我明天再來拜訪。還有，可以把狼的素材給我嗎？」

「那大野豬呢？」

薩克狩獵到的東西還放在道具箱裡。

「那些我下次再帶回去。不好意思，在這段期間可以拜託你保管嗎？」

「好啊，沒問題。」

反正只是放在道具箱裡而已。

我把狼的素材交給薩克和薩哈娜，兩人說明天早上會再過來就離開了。

順帶一提，這裡一樓是餐廳，二樓是當作旅館使用的房間，三樓以上則是租給阿爾提亞的居民居住。

從前這裡是旅館，但近十餘年幾乎都沒有來自外地的旅客，所以變成了這種形式。

即使如此他們也沒有完全廢止旅館業務，好像是因為偶爾會有像我們這樣的人來訪。

順帶一提，老闆娘告訴我們，拉克提亞的鎮長也在這裡留宿過。

我們在餐廳吃了午餐，向老闆娘打聽商業公會的所在地點後決定前往。

只是她勸告我們走在城鎮裡要注意，最好不要去靠近外牆的區域。

不是因為治安不好，而是不熟悉的人會迷路。

走下旅館前的道路，公會就位於右手邊。

我們沒有迷路就抵達了公會，進去後發現裡面很冷清。

嗯，一個人也沒有。

櫃檯上有像是呼叫鈴的東西，因此我按響鈴聲，聽到一聲有氣無力的回應後，一名頭髮凌亂的女子出現了。

「來了～有什麼事嗎～」

她的聲音充滿睏意。

那名女子揉揉眼睛抬起頭，看到我們的面容後僵住。

「咦！那個、這個，請問你們是誰？」

然後非常驚慌失措。

因為很少有來自外地的人，她可能以為是熟人來訪。

我出示公會卡，告訴她我的來意。

「喔、喔喔，你是空先生吧？是、是的，我們收到了聯絡，但你要找的人似乎不在這裡。」

聽到那句話，盧莉卡她們三人面露失望之色。

「對、對不起，只是，那個，來自愛爾德共和國，被我國保護的人是有幾位，這是他們的名單。」

慌張的公會職員拿出一張紙給我們看。

是因為我們之前說過要尋找的對象是在與波斯海爾帝國的戰爭中失蹤的，所以她也幫忙調查了這件事嗎？

我感到不可思議，同時把那張紙遞給盧莉卡她們三人。

三人對突如其來的情況感到困惑，但一接過那張紙就目不轉睛地盯著看。

三人的視線從上往下緩緩地移動，不久後賽拉停了動作。

「上面有熟人嗎？」

對我的詢問，賽拉點點頭。

「妳知道這個人在哪裡嗎？」

賽拉指著紙上的一處，詢問公會職員。

公會職員確認過名冊。

「知道。請讓我確認一下，妳們是什麼關係？」

然後詢問賽拉。

「她是我童年的朋友，我們以前住在同一個城鎮。」

「……我明白了。這是那位小姐的地址。」

公會職員考慮了一下，隨後把寫著建築物名稱和地點的紙張交給她。

「不過，地方可能有點難找。還有有些人不喜歡與來自外地的人接觸，問路時請小心。」

聽到那番話後，我們很猶豫該怎麼做，最後決定先前往城鎮，如果找不到就回頭，之後朝著紙條上寫的地點前進。

離開商業公會後，我們繼續沿著坡道往下走。

下坡後，前方是圍繞著城堡的圍牆，正面有一座氣派的大門，也有守門人的身影。

守門人看到我們感覺十分警備。大概是因為我們是陌生人吧。

我們右轉繞過圍牆，正好走到大門另一側的後方。

「沿著這條路往上走有一個廣場，她好像就住在那附近的房子裡。」

我們由盧莉卡帶頭，爬上坡道。

走了一段路後，前方漸漸看到廣場，許多聲音傳來。

仔細一看，那裡似乎是孩子們的遊樂場，他們正充滿活力地玩著？嗯，是在玩耍呢。拿樹枝互砍一定也是種遊戲，雖然我覺得他們揮舞得很有專業的架式。

我問了盧莉卡她們，她們告訴我那很常見。

「根據紙條……是往這邊嗎？」

我們走進的區域是住宅區，相似的房屋櫛比鱗次。景色會讓人搞不清楚走在何處，但只要打開MAP就可以確認位置，如果迷路，只要將那棵大樹當成路標就能走回去。

當我想著這些事時，再次聽到孩子們的嬉戲聲。

聲音來自於一棟有白色外牆，稍大一點的房子。

看來我們的目的地就是這棟房子。

盧莉卡用門環敲門，但沒有回應。她又用力地敲了一次，屋內傳來慌張的腳步聲。

「來了，請問是哪位？」

出來應門的是一名嬌小的獸人少女。

後來我問過她才知道，她比克莉絲小一歲。

那名獸人少女看到我們，不解地歪過頭，但她依序看向盧莉卡、克莉絲，最後看到賽拉時停下了動作。

「不會吧？難道是……賽拉姊姊？」

「好久不見了，蒂雅。」

賽拉回答後，那名少女大吃一驚，抱住賽拉哭了起來。

「妳冷靜一點。」

「嗯、嗯，對不起。」

我們現在在蒂雅所在的建築物內。

在那之後，聽到哭聲的人們聚集過來，情況變得很麻煩，但解釋過情況後，他們帶我們進入屋內。

目前在這個房間裡，包含蒂雅在內，有四名來自愛爾德共和國的人，加上我一共五人。

米亞和光去照顧孩子們，不在這裡。我本來覺得四人應該有很多話要聊，所以準備離開，卻不知為何被挽留了。

這棟房子似乎是照顧作為奴隸被收留的孩子，或是雙親去工作時，代為照料孩子的地方。

蒂雅告訴我們，她被收留時也被這裡收容，從此就一直在這裡生活。

蒂雅好像是熊獸人，但跟我想像的熊形象不同，性格文靜。

「我沒有想到還能像這樣見到賽拉姊姊妳們。」

蒂雅被抓到時體格嬌小、身體虛弱，無法承受戰鬥訓練而被送去了其他地方。那裡是波斯海爾帝國的一個村子，據說她被迫做各種雜務，從農務到裁縫都有。

她苦澀地告訴我們，雖然不像戰鬥訓練一樣痛苦，但還是非常忙碌，她累倒過好幾次，每次都受到訓斥。

賽拉她們也說出至今為止的原委，表示她們正在旅行，尋找愛麗絲。

「這樣啊，畢竟姊姊妳們四個人的感情很好。」

聽到蒂雅這麼說，盧莉卡和克莉絲一臉愧疚。

「沒關係，畢竟小時候我和盧莉卡小姐與克莉絲小姐沒有什麼交集。賽拉姊姊是我的鄰居，所以不時會有機會聊天，但是……」

「怎麼了？」

「兩位與我從賽拉姊姊那裡聽到的印象有點不同，所以覺得很驚訝。」

「嗯，我一開始也這麼認為。」

賽拉聽到這句話後笑了。

「那麼……這位就是賽拉姊姊的前主人，空先生對吧？」
「沒錯，他遇到盧莉卡與克莉絲時聽說了我的事情，在聖王國救了我。」
在那之後，四人一直聊到天黑。
如果不是這個家的女主人出面，她們一定還會繼續聊下去。
「賽拉姊姊，我們還能再見面嗎？」
「我會再來看妳的。」
雖然這次未能見到愛麗絲很可惜，但賽拉她們能夠與熟人重逢，讓我單純感到高興。
後來我把這件事告訴米亞和光，兩人也都說「太好了」，露出笑容。

◇薩哈娜視角・2

我們回來了。
仔細想想，這是我第一次跟父親大人、尤伊妮姊姊分開這麼久。
我們什麼都沒說就溜出城堡，他們是不是在生氣呢？我覺得一定不會有事，但見面時還是會緊張。
當我們回到城堡，不出所料地引起了騷動。
哥哥看到以後臉色發白，這代表他沒有想像過事情會變成這樣吧？

我有點……不，是相當擔心這個國家的未來。因為有父親大人和尤伊妮姊姊在，我想應該不會有問題，但以後我也必須堅強起來。

我們跟著親衛隊隊員們，先去見了父親大人。

父親大人沒有因為我們跑出阿爾提亞而生氣，愉快地笑著聽哥哥講述這段經歷。

當我們告訴他我們打倒了狼，他非常高興。

因為我們雖然也有曾跟魔物戰鬥過，但只對付過人形魔物（歐克）。

所以要與狼戰鬥時，我其實很緊張。

我們把自己打倒的狼的素材交給廚房，請他們烹煮成今天的晚餐。

只不過難得有機會，我想自己做料理，給大家一個驚喜。

「嗯，你們平安無事是最重要的。我沒有什麼話要說，快去找尤伊妮，讓她看看你們吧。」

我們聽從父親大人的話，去見尤伊妮姊姊。

尤伊妮姊姊非常忙碌，應該在辦公室裡。

我們開始移動時，有幾名親衛隊隊員跟隨在後。

平常我會覺得厭煩而拒絕，但這也無可奈何。

哥哥毫不掩飾他的不滿，但這是自作自受喔。這種情況一定會持續好幾天……如果他們在我們去見空先生他們時也跟來，該怎麼辦呢？

我原本就預計邀請他們來城堡，也會說出我們的事情，但知道我們的身分後，他們一定會大吃一驚。

可是如果克莉絲大人因此與我保持距離，我會很傷心。

克莉絲大人是尖耳妖精的事情也暫且保密吧。哥哥對此也不知情，先向克莉絲大人確認是否可以說出來會比較好吧。

「啊，尤伊妮姊姊。」

我聽到薩克興奮的聲音。

在視線前方，尤伊妮姊姊正從走廊的轉角處走來。

尤伊妮姊姊聽到那聲呼喚，似乎也發現了我們，她露出笑容揮揮手。

然後她迅速走過來，那動作優雅，連身為女性的我也不禁看得著迷。

「真是的，我很擔心你們喔。別太讓我擔心了。」

當我們走到尤伊妮姊姊面前時，她的眼角帶著淚光。

「……尤伊妮姊姊，抱歉。」

「對不起，尤伊妮姊姊。」

我們道歉後，尤伊妮姊姊伸出雙臂，把我們擁入懷中。

看到她澈底安心的表情……好痛，好痛，好痛。

對了，姊姊不僅力氣很大，情緒激動時還會無法控制力道。

雖、雖然很難受，但現在就甘願接受吧，因為我們讓她擔心了。

尤伊妮姊姊的力量大概比哥哥強好幾倍。

以前阿爾芙利德曾語帶嘆息地說，姊姊失手打壞了桌子。

雖然我問過是在什麼情況下發生的，但最後她不肯告訴我。

泡了個澡，消除旅途的疲憊後，我去廚房幫忙準備晚餐。

我說我也想做料理時，主廚想要阻止我，但我十分想親手烹飪這頭狼，所以低頭拜託他。

可能感受到我誠心誠意的請求，我在主廚的監視下開始做料理。

這次就做我最擅長的菜色，炒蔬菜吧。我也先請空先生分了調味料給我。

不過我也想用狼肉，就做成肉排吧。

我只是拿起刀子而已，你們的反應也太誇張了。

切蔬菜時被人這樣直盯著看，會讓我心神不寧。

用火時請小心？這點事情我當然知道。

這個是什麼？這是可以煮出高湯風味的調味料喔。

在那之後，主廚試吃了完成的料理，驚訝得僵住身子，我覺得他太失禮了。

不、不過，我以前不曾做過菜，所以他有這種反應或許也是無可奈何。

天才？不不，我沒有那麼厲害。

「薩、薩哈娜大人，您、您什麼時候學會料理了！而且蔬菜的調味足夠，非常美味。還有這道肉排的火候恰到好處，真是棒極了。」

主廚打從心底感到驚訝呢。

「這是薩哈娜做的嗎？嗯，真好吃。」

「薩哈娜，妳好厲害，很好吃喔。」

父親大人和尤伊妮姊姊說料理很美味的時候，我真的很高興。

享用完料理後，我們對兩人說了旅途中的見聞。

關於空他們的事情，冬馬他們的事情。

父親聽完之後面有難色，但也只有一瞬間，立刻又恢復為平常的表情了。

尤伊妮姊姊則擔心我們，要我們別做危險的事。

「我有件事想請尤伊妮姊姊幫忙。」

我說出希耶爾大人的事情，問她是否能取得月桂樹果實。

「精靈現在很難受嗎？」

「是的。」

最先對我的話做出反應的是父親大人。

「……我不知道有沒有效果，但是你們畢竟受到了他們的關照。尤伊妮，妳可以去安排一下嗎？」

「我明白了。」

聽到父親大人的話，姊姊表示她會安排。

我聽到以後鬆了口氣。

只是，我有點在意父親那難看的表情。

「還有，如果可以，我想直接向他們道謝。不妨邀請他們來城堡吧，就在那時把月桂樹果實交給那個精靈如何？但是……」

我本來就想邀請他們來城堡，因此這句話正中下懷。

「呵呵，是啊。真期待見到薩克喜歡上的女孩。」

「嗯，沒錯。」

被父親大人和尤伊妮姊姊這麼說，哥哥罕見地面紅耳赤。

「薩哈娜呢？有找到心儀的人嗎？」

尤伊妮姊姊雙眼閃閃發光地問我。

我沒想到矛頭會轉到我身上。

哥哥，你那偷笑的表情是什麼意思？

我瞪了一眼，他就別過頭去，但已經太遲了喔。

「什……對薩哈娜來說還早吧。對吧？對吧？」

「父親大人，請別擔心，我還沒有那樣的對象。而且……」

「而且什麼？」

「我認為尤伊妮姊姊應該先找到心上人吧？」

當我露出笑容這麼回答，他們兩人……不，三人都驚慌失措。

父親大人和哥哥大喊著：「我不允許！」「那個人是誰啊！」尤伊妮姊姊則滿臉羞紅。

我完全沒聽過尤伊妮姊姊的戀愛傳聞。

我記得阿爾芙利德曾以一臉受不了的模樣說過，原因在於父親大人。

儘管我覺得空先生是具備許多能力的優秀人選，但他身邊有克莉絲大人和米亞小姐在。

就這樣，久違地只有我們四人的愉快晚餐結束了。

我也得到了父親大人的許可，可以邀請空先生他們來城堡，明天就去見他們吧。

因為我也很在意他們有沒有順利找到要尋找的人。

◇◇◇

薩哈娜在我們吃完早餐，與老闆娘聊天時來到旅館。她說她的家人想向我們打招呼，因此我們決定跟著薩哈娜去她家。

因為還有月桂樹果實的事情，我們沒有理由拒絕。

當我們走到大門前，門前站著昨天那些守門人，但他們神情略帶緊張，對我們很有禮貌，並遞給我們手鐲型的通行證。

穿過大門進入內部，一條筆直通往城堡的道路延伸而去。

道路兩旁是成排的建築物，路邊的建築物是士兵們的崗哨，後方的房子則是在城堡工作的人們住處。

穿過這裡後，出現在眼前的是被湖水環繞的島，在那座島上有城堡和大樹。

跟我從馬爾提眺望阿爾提亞時相似的景象就在眼前。

不同之處就是這裡有一座通往小島的石橋吧。

渡過石橋，我再次仰望眼前的城堡。

城堡無疑宏偉無比，我的目光卻無論如何都會被聳立於城堡後方的大樹吸引。

與大樹相比，城堡無比渺小。

「來，各位，往這邊走。」

催促著停下腳步的我們，薩哈娜開口呼喚。

在城堡前有一群像武裝騎士的人。

他們的裝備與外面的守門人明顯不同，外表也不同。

外面的守門人是人類種族和獸人，而他們是龍人。雖然外表與人類種族沒有差異，但從鎧甲的縫隙可以看到有些人的皮膚上長著類似鱗片的東西。

「薩哈娜大人。他們就是那些人嗎？」

「對，沒有問題吧？」

「是的，我們已經收到了通知。」

對話結束後，守門人打開了門。

通過門後，前方是寬敞的入口，正面有一扇巨大的門，左右兩邊有通往樓上的樓梯。

這個入口也有武裝人員待命。

他們看到薩哈娜後想要走過來，但薩哈娜以手勢制止了。

「先來這邊。」

我們在薩哈娜的帶領下，走上右手邊的樓梯。

不過，薩哈娜大人嗎？我知道薩哈娜是龍人，但可能不只如此。

仔細想想，薩哈娜的姊姊甚至能經手月桂樹果實這種在阿爾提亞也很珍貴的資源，她的家族或許地位崇高。

「啊，空先生，可以請你取下面具嗎？我聽說過你的情況，但在這裡很安全的。」

我考慮了一下，還是聽從薩哈娜的話，拿下面具。

我們爬上二樓、三樓，在某個房間前停下腳步，薩哈娜敲了敲門。

門從裡面打開，一位女僕探出頭，看來她也是龍人。

「薩哈娜大人……尤伊妮大人還在工作……」

「我們是來見姊姊的。可以在裡面等嗎？我們不會打擾到她工作的。」

「……好的，應該沒問題。」

我們被帶進房間裡，一名女子正坐在桌前。那個人低著頭，看不見長相，但從薩哈娜稱呼她為姊姊來看，應該是女性。

不久後，可能是工作告一段落了，女子抬起頭看向我們。

她的容貌端正，即使受邀當畫作模特兒也不足為奇，美得讓人屏息。

但更令人在意的是從她耳朵上方的側頭部橫向延伸出來的珊瑚狀物體。那是角嗎？

「初次見面，各位，我是路弗雷龍王國的第一公主尤伊妮。」

不顧我的困惑，那位女子……尤伊妮站起來，這麼說道。

她的一舉一動都十分優雅，看起來年紀和米亞相仿，卻帶著穩重大人的氣質。

尤伊妮的眼睛是左右不同色的異色瞳，被她注視時，會莫名感到安心。

嗯？但是她剛才說了什麼？第一公主？

「薩哈娜，難道妳沒有告訴他們嗎？」

看到我們的反應，尤伊妮似乎察覺到薩哈娜沒詳細說過他們的事情，便再次為我們說明。

「父親大人也說想向各位道謝，所以我去派人請他過來，請稍等片刻。」

「那、那個，尤伊妮大人。妳所說的父親大人，難道是？」

「是的，就是龍王，但你們不需要那麼緊張。另外，請稱呼我尤伊妮。」

當克莉絲小心翼翼地問道，尤伊妮臉上就浮現柔和的笑容，像在安撫她一般說道。

那番話讓我們放鬆了一些，一邊接受款待，一邊等候龍王。

只是當敲門聲響起時，我不免緊張起來。

走進房間的是一位老人——

「嗯，讓你們久等了。嗯嗯，原來如此啊。」

他依序望過我們的臉，坐到空位上。

「我是龍王國的國王阿爾札哈克，大家都稱我為龍王。這次薩克和薩哈娜似乎給你們添了許多麻煩，真是抱歉。」

自我介紹過後，他向我們道歉。

比起一國之王，他給人的感覺更像是慈祥的老爺爺。

「我聽薩哈娜說過原委了。那麼，那孩子就是精靈嗎……」

阿爾札哈克瞇起紅色眼眸，目光投注在我的兜帽上。

希耶爾可能也注意到了他的目光，但兜帽只是震動了一下，沒有更多的反應。

我認為阿爾札哈克能看到希耶爾，從兜帽裡取出希耶爾，讓她躺在桌上。

「……看起來的確沒什麼精神呢。」

我看向聲音傳來的方向，尤伊妮正注視著希耶爾。

「尤伊妮姊姊，妳看得見嗎？」

「是個像隻白兔的生物對吧？她的耳朵下垂，感覺不到活力。」

我將艾麗安娜之瞳交給薩哈娜，所以她看得見希耶爾，但從尤伊妮的言行來看，她似乎能直接看見希耶爾。

「尤伊妮，將月桂樹果實拿來。」

聽到阿爾札哈克的話，尤伊妮點點頭，將木箱遞給我。

我察看箱子，裡面放著橘黃色的弦月狀物體。

【月桂樹果實】萬能藥，可食用，可飲用。未成熟品。＊＊＊的劣化品。

顯示出來的結果是這樣……但下面的兩個詞令我很在意。

據說月桂樹果實難以取得，代表只有這顆果實嗎？

「希耶爾，妳能吃下去嗎？」

我把月桂樹果實拿到希耶爾的嘴邊。

這種大小的東西，平常的希耶爾會一口吃掉……但希耶爾試著張開嘴，只是微微張開就立刻閉上了。

「月桂樹果實即使做成液體，效果也一樣嗎？」

我姑且透過鑑定得知果實可以飲用，但還是問問。

「是的，效果應該不會變。」

聽到尤伊妮的話，我使用鍊金術製作成飲料。我用鑑定進行確認，只有名稱變成了【月桂樹果實液】，下面的說明文字沒有改變。

我抱著希耶爾，慢慢地餵她喝下果實液。

雖然速度緩慢，瓶中的果實飲料的確在減少，最後變成了空瓶。

我再次讓希耶爾躺在桌子上，靜待情況變化。

不久後，她下垂的耳朵慢慢抬起來，一直閉著的眼睛緩緩睜開。

接著希耶爾漂到空中，但沒有持續太久，又回到了桌子上。

儘管如此，我看得出來她的狀態稍微改善了。

但反過來說，這也代表她沒有完全康復……

「嗯，果然如此。」

看到這一幕的阿爾札哈克開口。

「那個精靈看來還沒有完全康復。」

「這意思是說，月桂樹果實無法治癒她嗎？」

「……月桂樹果實，其實原本不是那樣子的。」

鑑定顯示為「未成熟品。＊＊＊的劣化品」，與此有關嗎？

「原本的月桂樹果實成熟後會在月光下閃閃發光，但是現在無法採集到成長到那個程度的果實。」

根據阿爾札哈克的說法，他們漸漸採集不到經過漫長歲月慢慢成熟的果實，從大約十一年前就完全無法採到了。他說在那之前，每年也只會有一兩顆果實成熟。

雖然現在的月桂樹果實也能提升回復藥等藥劑的效果，但提升的幅度比成熟的果實來得低。

另外，即使是未成熟品，成長到能夠出貨的果實也正逐年減少。

「請問，告訴我們這種事情沒問題嗎？」

月桂樹果實是龍王國的特產，他說出這麼重大的祕密，我不禁揣測背後有什麼意圖。

「不必那麼警惕。你們不是會刻意洩露這件事的人吧？」

聽他這麼一說，我也只能點點頭。

「那個，龍王大人，我可以問一個問題嗎？」

「嗯，是尖耳妖精的姑娘嗎？可以。」

克莉絲對那個回答感到驚訝，我不禁看向薩哈娜。

薩哈娜用眼神告訴我「我沒有說」。

「呵呵～我的眼睛很特別。比如說，我也知道你是異世界人這件事。」

鑑定並非我的專利，再怎麼採取預防措施，還是會有被識破的時候。實際上，薩哈娜就看出了克莉絲是尖耳妖精。

反倒是聽到異世界人這個詞後，尤伊妮和薩哈娜很驚訝。

「那麼，妳要問什麼？」

「請問你知道月桂樹果實不成熟的原因嗎？」

聽到克莉絲的問題，尤伊妮和薩哈娜也看向阿爾札哈克。

「……其實我知道原因，也知道處理的方法。但是，我沒辦法解決那個原因。」

「父親大人，這是真的嗎？」

對於尤伊妮的話，阿爾札哈克點了點頭。

根據阿爾札哈克的說明，結出月桂樹果實的樹木處於衰弱的狀態。

要治癒那棵樹需要注入魔力，但那只有某個種族才做得到。

「父親大人，你既然知道了這麼多……」

「那方法不可能做到，因為那個種族是……尖耳妖精，條件很嚴苛。」

條件是對結出月桂樹果實的樹木注入魔力時，需要一口氣完成。

「姑娘，妳的魔力量以年齡來說，確實比普通的尖耳妖精高，但在我看來，這樣完全不夠。

而且，這個方法也有風險。」

「風險是什麼呢？」

克莉絲再度詢問。

「一旦開始注入魔力，有時會被強制性地吸走魔力。因此如果魔力不足，那個人運氣不好就會死亡。本來應該拜託魔力足以承擔的人，或是多位尖耳妖精聯手進行，但在如今的世界上，要找來那麼多尖耳妖精很困難。」

的確，就我所知，我只遇到過克莉絲和賽莉絲兩位尖耳妖精。

「多人聯手大約需要幾個人才安全呢？」

我如此問道。

「這取決於那個人擁有的魔力量。舉例來說，尖耳妖精姑娘的魔力量在我看來是１５００左右吧？從上次樹木的狀態來考慮，至少需要六位有同等魔力量的人。」

聽到那番話，我們明白為什麼阿爾扎哈克會說這不可能做到了。

而且據阿爾扎哈克所言，即使是尖耳妖精，擁有超過１０００魔力的人也很少見。

「考慮到這一點，你的魔力量似乎很多。嗯嗯，大約８００嗎？」

阿爾扎哈克看著我說道。

聽到那句話，我立刻在腦海中想起自己的狀態值。

我目前的狀態值加上補正數值後，ＭＰ和魔力都大約接近那個數值。

只是阿爾扎哈克所說的魔力應該是指ＭＰ。

因為注入魔力會減少的是ＭＰ。

順帶一提，在場魔力最高的人是尤伊妮，她的魔力似乎將近２０００。該說不愧是龍王的女兒嗎？

我詢問有沒有其他方法，但阿爾扎哈克說他不知道除此之外的方法。

我聽著那番話，思考各種事情。

舉例來說，如果給希耶爾好幾顆月桂樹果實，情況會如何？以及有沒有辦法提升月桂樹果實本身的效果……能不能用鍊金術或創造製作出果實？還有，那棵樹只接受尖耳妖精的魔力，能不能用魔力賦予來達到類似的效果等等。

「還有就是，雖然現在只能準備那顆月桂樹果實，但只要過一段時間，應該可以收成其他果實。我答應你們，會保留幾顆給那孩子。雖然一顆果實無法治好她，但多服用幾顆或許有效。另外，請鍊金術公會研究如何增強月桂樹果實的效果也是個方法。」

聽到阿爾扎哈克的話，我心頭一驚。

因為他說出了我此刻正在思考的事情，雖然這應該是巧合。

「另外，我允許你們留在城堡裡，可以的話，可以跟這些孩子說說外面世界的故事嗎？正如你們所見，這些孩子從未離開過這個國家，如果你們願意這麼做，我會很高興。」

聽到那番話，薩哈娜高興極了。尤伊妮似乎也很感興趣，瞥了我好幾眼。

在那之後，尤伊妮和薩哈娜帶我們參觀了城堡。

當然，其中也有我們不能進入的地方。

「欸，薩哈娜，你們為什麼要隱瞞身為王族的事？」

「對啊，讓我好驚訝。」

「嗯，嚇了一跳。」

最後我們被帶到住宿的房間，盧莉卡她們在與尤伊妮她們分別時，詢問薩哈娜。

「因為我覺得即使誠實表明身分，你們也不會相信，畢竟哥哥是那副樣子。」

聽到這句話，三人都露出理解的表情點點頭。

那種莽撞的態度以王族來說確實不太好，但我認為那個年紀的孩子會那樣也無可厚非。

我反倒覺得薩哈娜太過早熟，雖然這可能是將薩克當成反面教材的結果。

「希耶爾，妳想選一種呢？」

桌上擺著好幾道料理，希耶爾正在料理前挑選。

最後，希耶爾指定的是培根料理。

我把其他料理收回道具箱時，盧莉卡將培根切成小塊。

平常的希耶爾就連拳頭大小的培根也能一口吃掉，但現在的希耶爾似乎還難以做到。

「來，希耶爾。張嘴～」

盧莉卡和光正熱心地餵希耶爾吃培根。

希耶爾慢慢咀嚼著嘴裡的食物。

「她吃得下東西了，太好了。」

「是啊。但她還沒完全恢復，而且隨著時間經過，狀況可能會再次惡化，所以需要注意。」

實際上，冬馬他們說過隨著時間過去，症狀會再度出現，所以希耶爾的這種狀態也可能是暫時的。

要在每次身體狀況惡化持續給她月桂樹果實並不實際，還是只能尋找讓她完全康復的方法。

這不僅是對於希耶爾，對於冬馬他們來說也是如此。

阿爾扎哈克說下次能採到月桂樹果實時，也會分給冬馬他們。

只是果實數量有限，所以不會給所有人，而是會給幾個人並觀察情況。

他還提到在城堡的圖書館中，或許可以查到關於奴隸紋的情報。

據阿爾扎哈克所說，這座城堡的圖書館蒐羅了全世界從過去到現在的書籍。

「但是我不太喜歡看書，所以不清楚有哪些書籍。」

他笑著這麼說。

聽到那番話，我認為去圖書館查調查是個方法。如果能詳細了解奴隸紋，或許能找到除去它的線索。

同時應該也有助於希耶爾恢復。

聽說圖書館裡另外還有稀有的魔法書，克莉絲也表現出興趣。

隔天早上，我們和昨天晚餐時一樣，與尤伊妮他們同桌用餐。

「那麼，你們要回城鎮一趟嗎？」

「是的，我們想向關照我們的旅館人員說一聲，也想在城鎮裡逛一下。」

畢竟我們昨天直接留在城堡裡過夜，突然不見人影，他們可能會擔心。

尤伊妮聽到我的話，點點頭說「我明白了」。

我以為薩克和薩哈娜會說要跟過來，但因為未經允許就跑出城堡，他們有許多事情要做。

薩克昨天沒有參與談話，好像也是出於這個原因。

不過薩哈娜說——

「哥哥常常會說溜嘴，所以最好別告訴他重要的事情。」

用餐過後，我們回到旅館向老闆娘道謝，然後在阿爾提亞的城鎮中散步。

「主人。」

我們走在路上時，光拉了拉我的袖子。

「光，怎麼了？」

「沒有露天攤位。」

光一邊走在大街上，一邊東張西望。

正如光所說，來到阿爾提亞後，我們沒有看過露天攤位。

不僅如此，感覺連人的氣息都很少。

就算使用察覺氣息技能，感應到的人類反應也比房屋數量少。

如果只有城鎮的一個區域是這樣，我會認為人們是去了其他地方，但是整個城市各處都是如此。

城鎮裡能聽到孩子的聲音，幾乎看不到大人。

其中最令我在意的是，這個城鎮裡沒有任何農田。

我在馬爾提看過從阿爾提亞運來的許多貨物，也聽說糧食是從阿爾提亞運過來的。

「他們是在哪裡種植農作物的呢？」

聽到我的話，大家也百思不得其解。

「這裡就是圖書館。」

午餐後，尤伊妮和薩哈娜帶我們來到的圖書館，只能用驚人來形容。

雖然她們昨天也帶我們來過一次，但當時主要是在說明地點，只有在入口附近看了看。

實際上圖書館的內部空間寬敞，書架也很多。

瑪基亞斯魔法學園的圖書館也有很多藏書，但看過這裡之後就相形失色了。

如果被要求一個人讀完這裡所有的書，即使每天窩在這裡，也需要兩三年，不，需要更久的時間。

「奴隸紋……和魔法相關嗎？從名稱推測，是關於奴隸的歷史書籍？我認為可以先從這方面開始調查。」

我們聽完哪個書架存放著什麼書的說明後，馬上開始閱讀書籍。

我們默默地看了大約一小時的書，但光、盧莉卡與賽拉三人已到了極限。

不僅吃得飽飽的，室內又一片寂靜，所以睡意陣陣襲來。

這時候，有人打破了寂靜。

「光，可以的話，要不要來場模擬戰鬥！」

急促的腳步聲響起，薩克走進圖書館內。

「哥哥，在圖書館裡走路不能這麼大聲。」

「是啊，薩克，我以前應該教過你吧？」

「尤伊妮姊姊？妳怎麼會在這裡……」

薩克似乎很驚訝，但他一看到光就很開心。

尤伊妮看到這一幕，雙手捧著臉頰輕聲地說「哎呀哎呀」。

而光本人——

「吵死了。」

用一句話拒絕了。

當然，得到這種反應的薩克眼中泛淚。

結果薩克就這樣去拿書坐了下來，認真地……他沒有在看書呢。

雖然翻開了書本，但他不時偷瞄著光。

他本人大概以為沒有被發現，但光已經察覺了喔。

薩哈娜見狀，毫不掩飾傻眼的表情。

然後經過三十分鐘後，薩克似乎想起了最初的目的。

「我、我說，光，要不要去訓練場？現在這個時段，我想親衛隊……這個國家最強的一群人會在那裡訓練。」

聽到那句話，光有了反應。

一方面是對強者感興趣，一方面也是因為光不太喜歡看書。

另外大約有兩個人也很感興趣。

「呵呵，那姊姊也去吧。我想久違地看看薩克練習！」

聽到那句話，薩克的臉頰明顯抖了幾下，但面對開心地雙手合十的尤伊妮，他似乎沒辦法說什麼，結果大家決定一起前往。

薩哈娜看到這一幕，嘆了口氣。

由於訓練場在一樓入口那扇門的後方，我們移動到一樓。

打開門進去後，傳來模擬刀交擊的激烈聲響。

有幾場模擬戰鬥正在同時進行，有四組人正在戰鬥。

看來這個訓練場的深處還有其他房間，正面有一扇門。

「薩克大人，請問今天有什麼事呢？」

薩克帶頭走進室內後，有人無聲無息地靠近並詢問他。

那個人有雙綠色的眼睛，和眼睛同色的頭髮長及腰。身材纖瘦，看起來不太可靠，但沒有任何破綻。脖子和手腕上有鱗片，應該是龍人，不過口罩遮住了他的嘴巴，使我不確定他的性別，因為他的聲音也受口罩影響，聽起來悶悶的。

「阿爾芙利德，我們也想參加訓練！」

聽到薩克的話，稱為阿爾芙利德的龍人看向我們，視線停留在尤伊妮身上，似乎嘆了口氣。

雖然因為被口罩遮著看不見，但我覺得是這樣。

可能是因為薩克的聲音在室內響起，本來在進行模擬戰鬥的人們停下手中的動作，關注著這邊。

那些視線有如受到吸引，都投注在某一點——

「我今天要拿出真本事戰鬥，所以你也別手下留情喔。」「我今天可以放心地受傷。不，我反倒要受點傷。」「這個傷還沒痊癒呢。」「我想挑戰隊長。」

這樣的話聲傳來。

「呵呵，我很少過來這裡，但我很喜歡看大家努力的身影。雖然可以的話我也想參加，但我不太擅長活動身體。」

當尤伊妮這麼說並露出微笑，暫停的模擬戰鬥再度開始了。眾人的動作比方才看到的更加激烈，每一擊好像變得更銳利了。

「唉，事情果然變成這樣了。」

薩哈娜看到模擬戰鬥的情況，露出認命的表情。

根據薩哈娜的說明，尤伊妮性情嫻淑，相貌美麗，工作能力也很優秀。

而且她如聖母一般溫柔，據說有時會使用神聖魔法，治療在模擬戰鬥中受傷的人。

因此，在這座城堡工作的人員之間，尤伊妮的人氣遠遠高於其他人。

「薩哈娜真的很喜歡尤伊妮呢。」

當克莉絲對毫不吝惜地讚美的薩哈娜這麼說，薩哈娜似乎回過神來，臉頰泛起紅暈。

「我看得出來，因為我以前也有姊姊。」

克莉絲雖然笑著這麼說，但神情有些寂寞。

阿爾芙利德看到愉快地觀戰的尤伊妮後，可能是放棄了，一度暫停模擬戰鬥，把大家集合起來。他在此時向大家介紹光他們。

我本來無意參加，但不知為何薩克對我發起挑戰，變成我也得下場戰鬥。

其實我很想拒絕，可是我被薩克指名挑戰，包含尤伊妮在內的所有人目光都集中在我身上，所以無法拒絕。

我們就這樣開始模擬戰鬥，嗯，雖然有些費力，但還是我拿下勝利。薩克的確日漸變強了，但我也在成長。而且經過多次戰鬥，我也漸漸了解了他的戰鬥習慣。

薩克因為落敗，看起來很不甘心，但觀戰的人們都發出驚訝的聲音。

「薩克大人，您進步了很多呢，動作漂亮多了。」

特別是阿爾芙利德開口稱讚後，他非常高興地說：「真的嗎？」

「那麼，接著是光，一決勝負吧！」

薩克趁勢挑戰光，結果被打得狼狽不堪，令人同情。

對了，在旅行途中進行模擬戰鬥時，隨著旅程接近尾聲，模擬戰鬥越像是實戰。我和米亞有好幾次都用神聖魔法進行過治療。

看來兩人是用當時的感覺在交手，但光對人戰鬥很強。

而且當對手拿出真本事，她也會配合對手，毫不留情地戰鬥，也可以說她不擅長拿捏分寸。

「有進步，但還差得遠。」

光對倒下的薩克開口，像平常一樣解釋他哪裡做得不好。

光說得很直接，我不知道薩克是否有聽懂，但光對薩克說了許多話，他看起來很高興地聆聽著。

看完那一戰後，親衛隊員們的臉色也變了。

本來因為有女孩子參加，氣氛有點鬆懈，但現在那種氣氛消失了。

最後的結果是在同伴中，光、盧莉卡、賽拉是勝率最高的前三名。賽拉的等級最高，光和盧莉卡卻勝過了她，應該是因為對人戰鬥經驗上的差距。

據阿爾芙利德所說，她們三人擁有現在加入親衛隊也足以勝任的實力。

於是現在，我眼前站著一群一臉不滿的親衛隊員。

「治癒。」

我詠唱完魔法，他們就小聲道謝，垂頭喪氣地走開了。

不，即使你們用怨恨的眼神看著我，我也很為難，有怨言就去找薩哈娜和阿爾芙利德說啊。

模擬戰鬥非常激烈，許多人在戰鬥受傷。

尤伊妮的聲援、薩克的成長、光她們的參戰……這是種種因素疊加造成的結果，但這樣只靠尤伊妮一人治療會很辛苦。

所以，由於我和米亞也會使用神聖魔法，也參與了治療工作。

因此被分配給我治療的那三分之一的人很是絕望，垂頭喪氣地離去。

另外三分之二的人神色痴迷地接受著治療。他們本人姑且有努力掩飾，臉上卻滿是笑容。

在背後看著這個情況的阿爾芙利德，眼中閃爍著詭異的光芒……嗯，雖然我不知道會發生什麼事，但希望他們好好加油。

◇◇◇

我們在城堡度過了三天。
雖然找到了關於奴隸紋的書籍，但內容與治療無關。
「有找到什麼線索嗎？」
阿爾扎哈克突然出現讓我吃了一驚，不過仍重振精神回答。
「很可惜，沒有任何發現，書上只記載了關於奴隸紋的歷史。不過我有找到另一本很有意思的書。」
我將一本與鍊金術相關的書籍拿給阿爾扎哈克看。
書中記載了以鍊金術製作的各種物品，其中也有刊載我曾用創造技能製作的東西。
這本書是幾百年前的著作了，我原本還在想為什麼這些技術沒有流傳到現代，但看到製作方法就明白了。
舉例來說，我製作全效藥水時，是使用創造技能消耗回復、魔力、精力藥水各一瓶以及魔石來製作。
但是使用鍊金術來製作，需要準備回復、魔力、精力藥水各五瓶當材料。

這樣的話，單獨使用顯然更省錢。

另外書中還記載了暫時增加魔力的藥水與各種藥水的高階版本，但這些藥水也都是我不曾在商店裡看過的東西。

我想這可能單純是因為有能力製作的人並不多。

書頁上潦草地寫著「做不出來～」「騙子」「是我的技術不好嗎？」「要怎麼樣才能製作出來啊～」這些咒罵和感嘆的話。

「我有一件事想問龍王大人，可以嗎？」

「嗯，什麼事？」

「這幾天我在城鎮和城堡內四處看過，覺得很少看到人。而且我在馬爾提聽說糧食是從阿爾提亞送過來的，但這裡也沒有看似種植農作物的地方，請問糧食是在哪裡生產的呢？」

我不知道他會不會回答，但因為好奇而試著詢問。

「嗯，這個嘛，我原本就想讓年輕人你們去看看，告訴你也無妨。不過，我有一個條件。」

「是不可外傳嗎？」

「……這也是一部分。我的請求，是希望你帶尤伊妮一起前往。」

我對此感到困惑，阿爾扎哈克就從頭跟我說明了一切。

這座城堡的地下存在一個地下城，他們是在地下城內種植農作物。還有在那個地下城的第七層，可以採到月桂樹果實等等。

「不會有危險嗎？」

我腦海中閃過在瑪喬利卡發生的魔物遊行。

「不需要擔心。這裡的地下城據說是龍神大人建造的，與這世界其他的地下城有點不同，因此內部有受到管理。強大的魔物也是……頂多偶爾會出現高階種吧？關於這方面的詳情，你可以問尤伊妮他們。」

「不過，為什麼要讓我們去呢？」

「我本就打算有一天要讓尤伊妮去那裡一次了……還有就是出於父母心吧，很久沒看到那孩子那麼開心的模樣了。所以如果你們願意帶她一起去，我會很高興。」

阿爾扎哈克這麼說後，視線轉向旁邊。

我順著他的視線看去，尤伊妮正和米亞與克莉絲愉快地聊著什麼。

尤伊妮平常要工作，不會在這裡，但休息時間會過來露面聊天。

我在那時候得知，尤伊妮居然摸得到希耶爾。

我第一次看見非常驚訝。盧莉卡和薩哈娜吵吵嚷嚷地喊著「為什麼？為什麼？」，我對此記憶猶新，特別是盧莉卡很羨慕她。

我把視線轉回前方，看到阿爾扎哈克正溫柔地看著那一幕。

阿爾扎哈克交代我轉告尤伊妮這件事，便離開了圖書館。

我合上書本，走向三人身旁，把阿爾扎哈克託我轉告的事情告訴尤伊妮。

「咦，父親大人這麼說？而且要去地下城嗎？」

尤伊妮一開始很驚訝，接著浮現高興的表情，但最後沉下臉來，似乎正在煩惱。

「難道妳不方便？」

「……那個，因為我很引人注目，可能會給大家添麻煩。」

聽到尤伊妮那句話，我們的目光投向她的眼睛和角。

尤伊妮說她之所以不常外出，一方面是因為忙碌，另一方面也是因為不想讓周遭的人為她費心，或是受到注目。由於她跟親衛隊隊員們有一定程度的接觸，情況已經比以前好多了，不過據說她以前都被當作易碎物品來對待。

「從城鎮過來地下城工作的人們中，還有人會看到我就突然開始祈禱呢。」

據說是這樣。

「啊，那麼尤伊妮，妳要不要用看看這個？」

克莉絲如此說道，取下了賽克特的項鍊。

這時原本是金色的頭髮和眼眸變成銀色，圓潤的耳朵輪廓也變尖了。

那個變化讓尤伊妮驚訝得雙眼圓睜。

「這個叫賽克特的項鍊，有能夠改變外觀的效果。不過我不清楚是否能讓角變得看不見，得用用看才知道……」

或許的確正如克莉絲所說。

克莉絲戴上後，髮色、眼睛顏色與耳朵形狀都變了，但那只是改變原有部位的呈現方式。

即使如此，她之所以還是想試試看，或許是因為看到了尤伊妮高興的表情。

「關於使用方式……」

克莉絲努力地向尤伊妮說明賽克特的項鍊的使用方法。

尤伊妮認真聆聽，進行了各種嘗試，但似乎不太順利。

克莉絲能夠順利地學會操作，可能是因為她本來就使用過變化魔法。

「呵呵，看來需要練習一下呢。」

「那我們去看書，不打擾妳們。」

我一邊瀏覽鍊金術書籍的後續內容，一邊聽著尤伊妮奮力苦戰卻十分開心的聲音。

今天我們決定在大樹下吃午餐。

因為克莉絲告訴我，希耶爾似乎很喜歡大樹。

希耶爾本人可能是沒有食慾，正在大樹樹根處睡午覺。看著她那安心的睡臉，盧莉卡笑容滿面。

與剛給她服用月桂樹果實的時候相比，我覺得她的食慾正在漸漸下降，很是擔心。

至於料理，米亞她們借用城堡的廚房做了便當。

目前尤伊妮的外表有如珊瑚般的角消失了，髮色和眼睛顏色都變成了金色。

「吃完便當後，要去見克莉絲你們的朋友對吧？」

尤伊妮神情緊張地詢問。

她之所以會緊張，是因為要前往圍牆外，又很擔心自己的外表是否真的有順利改變。

「別擔心，妳已經成功變身了。不過角只是變得看不見，實際上是存在的，如果有人碰觸到就會發現，通過狹窄的地方時請小心，不要勾到了。」

聽到克莉絲的話，尤伊妮點點頭。

昨天休息結束後她回去工作，據說晚上又去找克莉絲練習。

「比起這個，尤伊妮姊姊真的也要去地下城嗎？」

薩克聽到尤伊妮要去地下城，非常擔心。

「呵呵，不要緊的，而且我也想去一次看看。父親大人以前不允許我去，而且我雖然透過文件掌握了糧食的流向，但並不清楚實際上是如何生產的。我一定要趁這個機會去看看。」

尤伊妮的話中傳達出了她的期待。

看到她的樣子，薩克似乎也無法再反對了。

「薩克和薩哈娜去過嗎？」

「是啊，我們走到了第四層，還在那裡跟歐克戰鬥過喔！」

對於光的問題，薩克有點得意地回答。

歐克在魔物中的確屬於很強的一種，但對現在的我們而言稱不上是強敵。

薩克不知道我們曾在瑪喬利卡的地下城戰鬥過嗎？

「他大概沒有認真在聽吧。」

薩哈娜傻眼地說。既然薩哈娜知道，代表有人說過這件事了吧？

順帶一提，在第四層之後的第五層會出現狼等魔物。

那麼薩哈娜他們在森林中遇到狼時，是因為不曾與狼戰鬥過才感到緊張嗎？

「伴手禮也帶了，我們出發吧。」

用餐過後，賽拉動作有力地站起來。

她果然很高興要與蒂雅見面。

順帶一提，伴手禮是大野豬的肉。

我們九人走出大門，來到外面沿著圍牆行走。在路上，尤伊妮東張西望地環顧周遭。

「啊，賽拉姊姊！」

我們爬上坡道抵達廣場時，看到了蒂雅與孩子們玩耍的身影。

蒂雅發現了我們，朝我們揮手。

「好久不見。」

「是的，那個……」

蒂雅看向尤伊妮、薩克和薩哈娜三人。

「他們是我們的朋友。話說回來，妳一個人在照料他們嗎？」

「是的，平常還會有其他人，但是他們生病了……」

在廣場上玩耍的孩子，大略一看也超過三十人。

「那麼我們也來幫忙。我們在瑪喬利卡也陪伴過孩子，所以交給我們吧。」

「蒂雅，向孩子們介紹我們吧。另外空可以去那邊休息。」

我老實地聽從盧莉卡的話。

我們之前和孩子們稍微見過面，但似乎只有我遭到他們提防。蒂雅露出苦笑，說原因可能出在這副面具上。

我在城堡裡會取下面具，但因為要來城鎮，現在戴著面具。

我坐在長椅上，眺望著正在愉快交流的一行人時，蒂雅獨自走了過來。

她隔著一小段距離坐在我的旁邊，然後深深吐出一口氣。

一個人照顧這麼多孩子果然很辛苦，因為這需要體力，而且小孩子會做出意料之外的行動，沒有時間可以放鬆。

「克莉絲小姐說我應該要休息。還有盧莉卡小姐說，空先生一個人會寂寞，所以希望我過來陪你。」

這是盧莉卡的體貼嗎？

我看向孩子們，他們已各自分成小組，開始玩耍。

光與薩克和活潑的孩子玩起追逐遊戲，相反的，米亞和尤伊妮在陪伴幼小的孩子。

米亞動作熟練地把孩子抱在懷裡，尤伊妮則感覺有點戰戰兢兢的。

剩下的孩子們也分成克莉絲、薩哈娜組與盧莉卡、賽拉組，圍成一圈聽她們說話。不知道他們在說什麼，但孩子們看起來聽得很認真。

「不過蒂雅，妳真了不起。我也陪伴過孩子，很辛苦啊。」

「……沒有那回事。」

蒂雅的表情悶悶不樂。

「妳有什麼煩惱嗎？」

「最近大人們似乎很忙碌，我在想他們要不要緊。我知道工作很辛苦，但有許多孩子都很寂寞，還是想和爸爸媽媽在一起。我也有過那種時候，所以我明白。」

蒂雅跟我說了最近這一帶的情況。

她也告訴我，遇到出貨時期，大人變忙碌是常有的事。

在那之後我們玩到傍晚，賽拉在告別時把伴手禮交給蒂雅。

聽到那是賽拉她們狩獵到的魔物肉，蒂雅很是驚訝。

然後我們與道謝的孩子們告別，返回城堡。

閒話·6

「我可以問一個問題嗎？」

我抬起頭，與表情難看的阿爾芙利德對上目光。

當我頷首，她問道：

「您為什麼現在才想讓尤伊妮去地下城呢？」

「……要讓那些人去地下城，需要一個理由吧？」

老實說，我很驚訝。

沒想到我能再次親眼看到高等尖耳妖精。

因為從伊格尼斯口中，我只聽說尋找姊姊的尖耳妖精少女會與異世界人及聖女一起來到此地這件事。

高等尖耳妖精……是繼承了那個人強大力量的人。

其魔力量是普通尖耳妖精無法相比的。

她年紀輕輕就擁有那種魔力量，一方面是她自己的努力，也是因為她是高等尖耳妖精吧。

儘管如此，一個人還是絕對不夠。

當我用這雙龍眼確認精靈樹的狀態時，保有的魔力量大約是2000多一點。

目前只是月桂樹果實不會成熟，沒有出現其他影響，但照這樣逐漸減少，阿爾提亞將無法維持國家。

不過，如果陷入如此嚴重的狀態……還是別想了。

過去的確也發生過幾次無法採收月桂樹果實的情況。

每次我們都會請許多尖耳妖精出力相助，為大樹……精靈樹注入魔力。

然而在現今的世界，這點實在難以實現。

尖耳妖精的人數逐年減少，我也耳聞過狩獵尖耳妖精的傳聞。

我在距今約五十年前才掌握到消息，得知是由某個國家主導此事，但遺憾的是，那時候我無法採取行動。

如果隨便行動，加以干涉……當時的悲劇在我的腦海中重現。

「如果我能為精靈樹注入魔力就好了……如果是從前的我，說不定能夠辦到。」

只是我對大家說了一個謊。

即使擁有的魔力量不足，那位高等尖耳妖精的少女還是有可能拯救精靈樹。

方法就是獻出生命。這是普通尖耳妖精無法做到的方法。

……若是在過去，我或許能做得更加無情。

我曾經認為，為了這個世界的這片土地，即使失去一名高等尖耳妖精的性命也無所謂才對。

「有什麼事嗎？」

「不，沒什麼。」

但是我已經知道了什麼是溫暖。

那傢伙會生氣，在某種意義上或許也是無可厚非。

要守護的對象變多後，我可能變弱了。

「只能讓精靈樹再忍耐一下了，我認為它能堅持到那名少女長大為止。」

而且我會想讓他們去地下城，也是期待高等尖耳妖精的少女接近精靈樹的核心時，也許會發生什麼事情。

還有，我也認為地下城內的精靈樹影響會變得更強，或許能舒緩那個精靈的痛苦。

「那些少年少女怎麼辦？那是叫奴隸紋嗎？那個真的能治癒嗎？」

還有這個問題啊。

「如果用萬能藥，有可能治癒。不過那是一種禁咒，大多數被施加奴隸紋的人都會死亡。」

「大多數的意思是有倖存者嗎？」

「……只是暫時的就是了。」

奴隸紋……那是在這個世界一片混亂，大小國家濫立的古老時代，為了使敵對國家的人民屈服而創造出來的魔法，其副作用產生了人造魔人。

被那種絕對性的力量蠱惑，企圖用奴隸紋製造士兵的國家最終滅亡了，因為被施予奴隸紋的人生存率極低。

在那之後誕生的是奴隸項圈。雖然也有隸屬魔法存在，但幾乎沒有人會使用，與奴隸紋又是不同的東西。

「嗯……阿爾芙利德，妳從薩克他們那邊聽說了嗎？」

「是的，是那位名叫菫的少女對吧？」

根據兩人的說法，她背後長出了翅膀。

但那個只出現了一瞬間，很快就消失了。

我後來仔細問過薩哈娜，似乎是因為與那名異世界人少年締結契約的精靈，吸收了有如斑點的奴隸紋。

這麼做的反作用，似乎使那個精靈目前陷入虛弱狀態。

他們之所以想要月桂樹果實，是因為那些身上有奴隸紋的少年少女們說過，他們吃下月桂樹果實後身體狀況會暫時好轉。

那個想法可能是正確的。

月桂樹果實本來就可以提升回復藥等藥劑的效果，與精靈的契合度無疑很高，所以果實既然對人有作用，那極有可能能讓精靈回復。

遺憾的是，果實沒有治癒她，但那顆月桂樹果實是未成熟品，所以也無可奈何。當時我這麼心想。

那麼，成熟的果實就能拯救她嗎？

那個精靈讓我感到懷念，所以我個人也想幫助她。

這麼一來，問題又會回到精靈樹上……

我不由得感到頭痛。

「總之，關於月桂樹果實的問題之後再談吧。來自艾雷吉亞王國的請求要如何處理呢？」

看不下去的阿爾芙利德改變了話題。

「魔王討伐嗎……」

「是的。」

「這個嘛……妳可以聯絡他們，表示我國保護了一群脖子上有黑色斑點的少年少女，國家處於混亂中，因此難以參與嗎？」

「不需要說得更直接嗎？」

「如果太直接，可能會帶來麻煩。對了，妳可以暗中把這件事告知獸王嗎？」

我這麼拜託她後，阿爾芙利德點點頭，離開了房間。

第6章

那一天早上，我們在訓練場集合。
「真的連尤伊妮大人也要去嗎？」
對於阿爾芙利德的詢問——
「這樣就認不出來是我吧？」
尤伊妮用變身後的外貌轉了一圈。
看到她開心的樣子，阿爾芙利德可能認為再多說什麼都沒用，叫來一名親衛隊員。
「杜緹娜，妳為尤伊妮大人他們帶路，並擔任護衛。我認為不會有問題，但如果發生了什麼狀況，要保護好他們。」
「是、是的，請、請交給我！」
站在旁邊也能看出她很緊張，渾身僵硬。
「我是杜緹娜，請叫我緹娜。雖然我是新人，但、但我會負起責任保護大家！」
她充滿幹勁地打招呼，我們也各自自我介紹。
「啊，對了，請叫我尤妮。那個，因為我姑且變身了。」
名字確實有可能會洩露身分，必須注意別喊錯了。

順帶一提，薩克和薩哈娜已經和在地下城工作的人們交談過了，所以可以維持本來的樣子。

我們跟在帶頭的杜緹娜後面，穿過訓練場的後門。

那裡有通往下方的樓梯，旁邊設有臺座。

「因為空大人你們是第一次前來，請把手放在臺座上。」

我依言把手放在臺座上，臺座發出光芒。

「這樣就完成登記了。各層的樓梯旁都有同樣的臺座，空大人，請把手再度放到臺座上。」

我再度把手放到臺座上，一個像狀態值面板的透明面板出現在眼前。

那個面板上顯示出「請問要移動到哪一層？」以及「第一層」的文字。

「每次登記，能移動的樓層就會增加，回來時也可以用同樣的方式移動。例如在第二層的臺座選擇第一層，就可以回到這裡。」

聽到這番話，我認為這個設計比瑪喬利卡的地下城更友善。

這麼想的人似乎不只我一個。

「那麼，我們出發吧。」

我們走下樓梯，首先映入眼簾的是建築物。

然後在建築物的另一頭，可以看到一整片農場。

地下城與瑪喬利卡地下城的原野型樓層類似，抬頭可以望見廣闊的天空，形成廣大的空間，還可以看到飄浮在藍天中的小小雲朵。

「在樓梯附近分別有倉庫和居住區。但因為內部空間廣闊，還有其他設施。另外，這裡的樓層中央生長著樹木。正確來說，是在每個樓層的中央都生長著樹木。這點比起說明，不如讓各位實際看看比較快。」

這裡的地下城，就稱作阿爾提亞地下城吧。

阿爾提亞地下城的第一層，似乎在用田地來栽種農作物。

順帶一提，由於樓梯的位置是固定的，只要直走就會抵達下一層的樓梯。

「關於這一層的面積，徒步移動需要三天以上的時間，所以運送貨物或移動時會用馬車。」

「這裡是越往下走越窄吧。」

根據薩克的說明，這裡與瑪喬利卡的地下城不同，結構是越往下，樓層的面積就越小。

「那麼，各位想怎麼做呢？我們已準備好了移動用的馬車。」

杜緹娜一定只是在形式上詢問我們而已。

如果有徒步與搭馬車的選擇，既然目的地是地下城第七層，那麼搭乘馬車會更快。

不過我已經有答案了。

「我要一邊走一邊參觀。其他人搭乘馬車移動吧。」

這個回答出乎她的意料，杜緹娜僵在原地。米亞她們露出毫不意外的表情看著我，薩克則用「這傢伙是笨蛋嗎？」的眼神看過來。

我並不在意，確認了狀態值面板。

雖然在討伐盜賊與淨化受詛咒的土地時搭了馬車，但為了提升漫步等級，我還是想要走路。

「那、那個！那我也想要用走的。」

結果，尤伊妮也說她要用走的。

這也令我感到驚訝。

「尤、尤伊妮大人也是嗎？」

「姊、姊姊，妳是認真的嗎！」

「我是認真的。還有緹娜，請叫我尤妮，薩克也不准叫姊姊，我在這裡也會……直呼你為薩克。」

尤伊妮似乎在猶豫要不要稱呼他薩克大人，但一定是因為我們都直呼其名，所以她決定配合我們。

「好、好的，尤妮大人。」

「不對，是尤妮。」

我理解薩克和杜緹娜的擔憂。尤伊妮說她大多都是做文書工作，不常活動身體，實際上長時間步行對於不習慣的人來說也很辛苦。

如果沒有技能的幫助，我一定也會選擇馬車。

最終，尤伊妮的願望成真（兩人無法阻止尤伊妮），我們決定徒步前往。

因為馬車也可以在半途搭乘，她答應我們不會勉強自己。

「薩哈娜不太驚訝呢。」

盧莉卡一邊走一邊問薩哈娜。

的確，在大家驚訝、慌張的時候，只有薩哈娜一個人冷靜地看著我們。

「我想過尤伊妮姊姊也許會這麼說，因為她曾很羨慕地聽我講述與各位在國內各地旅行的經歷。」

聽到那番話，我看向尤伊妮，她一邊走一邊和米亞與克莉絲愉快地聊著天。

「嗯，在最糟的情況下，要是走不動了，請空先生來揹就行了。」

「空的確做得到，但這麼做的話，米亞和克莉絲會嫉妒喔。」

聽到薩哈娜的話，盧莉卡如此說道。

我認為那樣說得太過分了喔。

「如果走累了還有影在，所以不要緊的。即使離馬車搭乘處有段距離，空也能拿出馬車。」

正如賽拉所說。

但影馬車可能會讓正在工作的人們嚇一跳就是了。

我們悠閒又氣氛和睦地走著，漸漸可以零星看到有人幹活的身影。

看來他們已經收到消息，即使看到我們也沒特別驚訝，反倒還有人朝我們揮手。

另外，我們聽從尤伊妮的期望，參觀農地。

尤伊妮聽著說明，對於有疑問的部分接連發問。

她的態度也讓農夫們感到十分高興，細心地回答問題。

我也一邊與在洛奇亞聽到的說明做比較，一邊聽他講述。

我從說明中了解到幾件事情。

比方說這個地下城。這裡氣候溫暖，只要播種，任何蔬菜都能栽種。

時間流速與地下城外相同，有日夜交替。

雖然也會下雨，但據說有每五天一次的固定周期。

因此，他們建造了幾個蓄水池儲存雨水，確保灌溉蔬菜的水源。

另外，據說工作是輪班制，每次進入地下城就會在裡面度過幾天。

他們並非受到強制，而是許多人覺得每天回家很麻煩，這裡的設備也十分齊全，可以舒適地生活。

但是在有妻子兒女的人中，也有人會當天往返家裡，但他們無奈地說現在很難這麼做。

「是因為正逢收成時期很忙碌嗎？」

「不是，是農作物好像生長緩慢，因此有好幾種蔬菜的栽培時期重疊在一起，非常忙碌，收成時期也會重疊。雖然以前也偶爾會發生這種情況，但最近變得很頻繁。」

我發問後，得到這樣的回答。

蒂雅說大人們都很忙碌，可能就是因為這樣。

工作的人並非只有男性，當然也有女性。

順帶一提，他們在地下城第一層栽種蔬菜，在第二層生產穀物。在這裡生產的穀物似乎會做為糧食，以及第三層飼養的家畜的飼料。

進入地下城第一層的第二天傍晚，我們抵達了中間點。

要說我們為何知道這裡是中間點，是因為從地面延伸到天花板的巨大樹幹就在眼前。

根據杜緹娜的說法，這棵樹正是聳立於那座城堡旁的大樹，樹根穿透了地下城各樓層，直達地面。

「空，飯煮好了喔。」

聽到米亞的聲音，在兜帽中休息的希耶爾飛向了光身邊。

沒錯，進入地下城後，希耶爾也出現了變化。

昨天並不是這樣，但今天從早上開始就有點不同。

她最近又變回一日一餐，不過今天早上吃了一點早餐。

還有，白天時希耶爾坐在光的頭上，還飛了一小段時間。

雖然食慾沒有恢復到原本的程度，但當希耶爾與我們一起用餐，氣氛就為之一變。

薩克和杜緹娜一開始不明白發生了什麼事，但他們暫時向薩哈娜借來艾麗安娜之瞳，就知道了有精靈在這裡。

薩克對與光感情要好的希耶爾感到嫉妒，杜緹娜則感動地祈禱。

其實如果能依照人數準備艾麗安娜之瞳就好了，但因為缺少素材，我無法製作。

吃完晚餐後，大家各自聊天度過時光，但因為走了一整天的路，還是早早就寢了。

我則靠著大樹，召喚出影，使用同調和轉移技能，提升技能熟練度。

還確認了創造清單，考慮要製作什麼。

「空，你不睡嗎？」

這時克莉絲走了過來，在我身旁坐下。

正確來說，中間留了一點距離，因為希耶爾在那裡靠著大樹休息。

「她好像很喜歡大樹。她告訴我到了睡覺時間，她想去大樹那邊。」

事實上，她是透過動作向我示意的。

「她好像恢復了一點精神呢。其實我的精靈們進入地下城後，似乎也變得精力充沛，真是不可思議的地方。還有，雖然在地面上沒什麼感覺，但是看著這棵樹，我會莫名感到心情平靜。」

克莉絲這麼說著，仰望大樹。

大樹，的確是不可思議的樹，還穿透了地下城。

阿爾札哈克曾看著大樹，說過大約需要多少魔力，他似乎也知道我和克莉絲的魔力量。

……我也有人物鑑定技能，卻無法看出那麼詳細的情報。

但是在可習得技能的清單中，沒有其他與鑑定相關的技能存在。

真希望我也像他一樣，有能察探到情報的技能……

「怎麼了？」

我不禁嘆了一口氣後，克莉絲擔心地問。

我思考了一下，決定與克莉絲商量。回想起我們剛相遇時，我也問過克莉絲各種關於技能的問題。

我感到懷念的同時向她請教關於技能的事。

「因為鑑定技能有許多未知之處，能夠使用的人也很少。除了鑑定和人物鑑定以外，好像還有可以辨識對方能使用哪些技能的能力（技能）鑑定技能……另外就是分析系魔法吧？但我記得書上好像沒有寫到可以用分析進行鑑定……」

克莉絲告訴了我很多事情。

我一邊聽她說話，一邊尋找清單中有沒有分析技能。

這似乎的確是一種魔法，學習所需的技能點數變成了2點。

NEW
【分析Lv1】
技能效果是可以調查到更多細節。
從點數來看是屬於高階技能，要學看看嗎？
也沒有其他類似的技能……

——習得！

「空，你沒事吧？」

「啊，嗯，我沒事。」

「那個，這對你有幫助嗎？」

「嗯，謝謝，很有幫助。」

我這麼回答，試著對大樹使用了分析魔法。

使用鑑定時——

【大樹】自太古以來存在的樹。

只顯示出這些訊息。

而使用分析——

【大樹】自太古以來存在的樹。

出現這樣的訊息……沒有任何差異。

是技能等級低的關係嗎？

「空，你真的沒事嗎？你的臉色很糟。」

我表現出動搖了嗎？

因為沒有戴面具，我的情緒可能都表露出來了。

到了這一步卻沒有效果，讓我大受打擊。

我對克莉絲使用了分析。

【名字「克莉絲」　職業「冒險者」　Lv「37」　種族「高等尖耳妖精」　狀態「──」】

與人物鑑定沒有不同……

差異在於分析技能的等級是1級，卻能得到與人物鑑定MAX相同的情報。

……技能功能重複，應該說是白學了？

我浮現這樣的想法……此時，我腦海中出現了一則訊息。

『要使用人物鑑定嗎？』

我對那則訊息默念：『使用。』

剎那間，我爆笑出聲。

「空、空，你真的沒事嗎？」

「啊、嗯，我沒事，真的。」

我佯裝平靜地回答，但克莉絲一臉擔心。

我反覆深呼吸，設法壓下在心中擴散的動搖。

然後我使用鑑定技能看著大樹，同時使用了分析魔法。

【艾麗安娜的精靈樹】＊＊＊創造的樹。魔力值　2197／10000

顯示的訊息果然跟只使用鑑定時不同。
阿爾札哈克所說的這個魔力值累積到MAX時，月桂樹果實就會成熟嗎？
但是名稱變成了艾麗安娜。能讓人看到精靈的魔道具也是同一個名字，這有什麼關聯嗎？
當我發出安心的嘆息，克莉絲可能也感受到事情有了好結果，鬆了口氣。
「太好了。不過，空，你為什麼露出那種表情？我剛才很擔心你喔。」
但那也轉瞬即逝，克莉絲立刻鼓起腮幫子對我說。
看到她可愛的表情，我不禁浮現笑容，但因為她的眼神在生氣，我立刻繃起表情，告訴她原因。
「其實我學會了分析魔法。一開始效果和鑑定沒差異，我還以為是效果相同的技能。妳想，我現在要學習技能，必須走很多路，所以我以為可能學到了沒用的技能。」
當我說出原因，克莉絲似乎接受了。
她能馬上理解真是幫了大忙。
因為我正在學習各種技能，也告訴了克莉絲她們漫步技能的存在。
所以她們也願意接受我想要走路的任性要求。
但接下來我就遇到了麻煩，好奇心強的克莉絲用一連串的提問轟炸我，最後可能是因為太吵了，我們一起遭到希耶爾斥責。

「我差不多要休息了，空最好也早點休息喔。」

我目送克莉絲的背影離開，輕輕地吐出一口氣。

其實我有一件事沒告訴克莉絲。應該說這一定是要帶進墳墓裡的祕密。

把人物鑑定和分析組合起來使用時，顯示出來的情報除了生命力、魔力、精神力、職業、技能之外，還有身體這個項目。

問題在於身體這個項目，會顯示出身高、體重、三圍。

但可能是因為技能等級低，除了身高之外的情報都顯示為＊＊＊，看不到數值……這是真的喔。

在那之後我們花了兩天時間在地下城中步行，抵達第二層。

可是到了最後一天，或許是累積疲勞的關係，尤伊妮、薩克與薩哈娜三人話都變少了，但他們直到最後都沒有叫苦。

◇◇◇

由於尤伊妮要工作，我們休息了兩天再進入地下城第二層。

當我又說我想要走路時，大約有三個人的表情僵住了。

盧莉卡見狀，提議除了我之外的人都搭乘馬車前往。

這裡的地下城不會出現魔物，也不會出現盜賊，她似乎判斷即使單獨行動也沒有問題。

「……我也和主人一起走。」

但是當大家坐上馬車時，一直等到最後的光這麼說道，向我跑來。

米亞她們也不免對此感到驚訝。

「不行，小光。和我們一起走吧？」

米亞朝她招手，但是光搖搖頭。

「放主人獨自一個人很危險。」

那一句話讓大家陷入了沉思。

雖然覺得很過分，但我知道自己曾做出各種魯莽的事，所以無話可說。

「好吧。空，小光就拜託你了。」

「米亞，這時候應該要拜託小光啦。」

當盧莉卡對米亞的話提出意見，米亞就點點頭表示「說得也對」。

「如、如果光要用走的，那我也要用走的！」

薩克看到那番情景，想要跳下馬車，但薩哈娜阻止了他。

車上傳來了一聲響亮的悶響，他不要緊吧？

「那麼，我會告訴這一層的人們，有一對黑髮的兩人組會晚點到達。如果有什麼在意的事，請詢問他們。」

杜緹娜對馬下達指示，馬車以相當快的速度行駛而去。

不過從那個速度來看，影馬車比較快呢。

「那我們也出發吧？」

「嗯。」

我們眺望著廣闊的穀物田，開始緩緩前進。

今天可能是田裡正在收成，不斷有馬車來來往往。

駕車的人們注意到我們就會舉手打招呼，所以我們也揮手回應。

「看樣子不方便問他們了呢。」

「嗯，大家都很努力工作。」

結果那一天，我一直走到深夜。

光實在無法像我一樣一直走路，所以我從半途開始揹著她走。

因為已是晚上，我本來想讓影揹她，但光說更想要我揹她。

「很久沒有像這樣揹著妳，兩人單獨行走了呢。」

「嗯，一開始是我和主人……不，希耶爾也在。」

「是啊，之後米亞和賽拉加入，又跟克莉絲與盧莉卡會合了。」

「嗯，大家都很溫柔。」

她的確像妹妹一樣受到大家寵愛。

「我還想和大家一起開心地旅行。」

她所說的大家之中，一定也包含了希耶爾。

為了光……不對，我果然也想早日看到希耶爾充滿活力地在空中飛翔的模樣。

「嗯？有什麼不對勁的嗎？」

「不，我在想我經常被妳和希耶爾搞得手忙腳亂呢。」

特別是涉及食物的時候，她們實在難以應付。

「嗯，我還想……再和希耶爾……一起……逛小吃攤……」

光睡著的呼吸聲從我背上傳來。

看來她已經到了極限。

「主人，早安。」

「喔，妳醒啦。」

「嗯，我聞到了好香的味道。」

光一邊點頭一邊按住肚子。

「希耶爾也要吃飯嗎？」

光如此問道，希耶爾就點點頭。

不久前她連拳頭大小的肉塊都需要切小塊才吃得下去，今天卻一口就吃掉了。

希耶爾在地下城裡果然身體狀況比較好，雖然她好像還是吃不下太多東西。

我們兩人一隻用餐過後，終於到了出發的時候。

「嗯？主人，這個……」

「妳現在才注意到嗎？」

竟然因為專注於進食而沒有察覺到，以光來說是有可能的吧？

「主人，這孩子還是沒有精神嗎？」

光摸著樹幹問我。

坐在光頭上的希耶爾也點點頭。

「是啊，龍王大人也說過，它的狀況似乎不太好。光也感覺得到嗎？」

「……隱約可以，感覺就和沒有精神的希耶爾一樣。」

我是使用鑑定和分析看到了數值，所以知道這個情況，但光似乎是本能性地感覺到了。真厲害。

我也像光一樣試著觸摸樹幹，雖然感覺得到像魔力流動的東西，但是很微弱？

我在上一層也偷偷嘗試過賦予魔力，卻像遭到拒絕般被彈開了。

我在這裡也對精靈樹使用了分析。

【精靈樹】＊＊＊創造的樹。魔力值　2201／10000

魔力值上升了一點呢。

「主人，我們不走嗎？」

「也對。光，妳的腳沒問題吧？」

「嗯。」

「如果累了就別勉強，要告訴我喔。」

「嗯，不過沒問題。我跟那時候不同，已經變強了。」

我覺得那個說法很有趣，忍不住笑了。

結果那一天我也是一入夜就揹著光走路，但我們在黎明前順利抵達了第三層。

◇◇◇

「居然在這種地方睡覺。都來到這裡了，就回房間睡啊。」

我睜開眼睛，眼前站著一臉傻眼的盧莉卡。

盧莉卡的背後還有米亞她們的身影。

我們現在所在的地方是通往第三層的樓梯前，正好在登記臺的位置。

「盧莉卡姊姊，早安。」

「小光，妳還好嗎？」

「嗯，主人的背很溫暖。」

光揉揉眼睛站起身，輕輕打了哈欠。

「那麼，空，你為什麼會在這種地方睡覺呢？」

「喔，我本來想回去一趟，但被希耶爾攔住了。」

聽到米亞的問題，我說出昨晚與希耶爾的對話。

而希耶爾睡得很安穩。

因為這裡也是地下城內，她可能覺得很舒服。

「那麼，各位今天打算怎麼安排？要休息一下嗎？」

杜緹娜望著我和光詢問。

「我沒問題。光呢？」

「嗯，沒問題。」

「不可以勉強喔。」

聽到米亞的話，我們點點頭。

阿爾提亞地下城的第三層飼養著家畜，走下樓梯就聽到動物們的叫聲。

「那麼空先生，今天你打算怎麼做呢？」

在杜緹娜的目光投向之處有一輛馬車。

當然，我的回答沒有改變。

光說她也要走路，但這次被強制帶上了馬車。

代替她監視我……不，陪我同行的是米亞和克莉絲兩人。

因為即使是我也沒辦法同時揹兩個人，所以我和杜緹娜談好，讓我們也在半途搭乘馬車。

當然是影馬車。

我實際讓她看過馬車的樣子，獲得了她的理解。

杜緹娜很是驚訝，尤伊妮則很感興趣對影摸來摸去。

「下次請讓我也搭乘看看。」她這麼請求。

順帶一提，今天薩克和薩哈娜似乎留在城堡裡，沒有看到他們。

由於兩人已經登記到第四層了，這次好像要去做其他事情。

我們一邊在第三層行走，一邊聊起昨天做了哪些事情。

因為我和光在地下城裡走路，所以主要是聽米亞與克莉絲說她們做了什麼事。

昨天她們四人一起去拜訪蒂雅，陪孩子們玩耍。

她們在那時詢問蒂雅是否會回愛爾德共和國，但她說打算留在這裡。

據說一開始被帶來龍王國時，蒂雅非常不安。

但是城鎮的人們溫暖地接納了她，知道她的際遇後還陪她一起哭泣。

「妳很辛苦吧。」

對於經歷奴隸生活，心力交瘁的蒂雅來說，那不經意的一句話成為了救贖。

「所以我想報答大家。」

看到蒂雅開朗的表情，克莉絲她們也覺得「既然如此，那也沒辦法」，接受了這件事。

她們肯定是認為無論人在何處，只要她過得好就是最好的。

當太陽下山到了就寢的時間，我召喚出影，準備了馬車。

我讓兩人在馬車上休息，我則走在馬車旁邊。

希耶爾從我的兜帽裡溜出來，似乎在享受久違地坐在影背上的感覺。

在那之後，我們抵達中間點的精靈樹，我決定也在那裡休息一下。
希耶爾也靠著樹幹，不久後就睡著了。
我今天也就這樣入睡，在黎明前醒來。
由於時間還很早，還沒有人醒來。

【精靈樹】＊＊＊創造的樹。魔力值 2201／10000

數值沒有變。昨天才剛察看過，代表不會馬上有變化嗎？但為什麼會增加仍然是個謎。
如果能就這樣持續上升就好了。
我看著那個魔力值，同時確認到同調與變換的技能等級升到了5級。
其他技能有時也會隨著升級追加新效果，這兩個技能升到5級後，能做到的事情也增加了。
舉例來說，同調技能可以讓魔力的性質暫時配合同調者變化，變換可以暫時把魔力性質變成他人的性質。
這樣就能夠讓克莉絲以外的人，也向精靈樹注入魔力。
如果精靈樹因此復甦，讓我們獲得成熟的月桂樹果實，希耶爾應該就會得救。
只是這個方法也有多種限制。
比如說無法長時間改變魔力，還有同時只能對兩人使用同調、變換的人數限制。
這是因為使用技能配合魔力時，需要直接牽手……將掌心緊緊地貼在一起。就是右手牽著一人，左手牽著一人的感覺。

在我們之中，魔力較多的我、克莉絲、尤伊妮三人的魔力合計總量超過4000。

如果使用暫時增加魔力(MP)的增加MP藥水，也許能達到8000。

……我覺得阿爾札哈克的魔力量會比尤伊妮還多，也許該拜託尤伊妮為我們安排一次與阿爾札哈克會面。

為此也需要先用創造技能製作增加MP藥水，但在那之前，還必須製作另一個道具。

這次我製作的道具有兩種。

【EX(Extra)魔力藥水】MP回復效果大，一定時間內提升MP回復速度。
所需素材——魔力藥水×5。魔石。

這是現有魔力藥水的向上兼容版嗎？

我認為這是適合最大MP……魔力量多的人使用的道具，因為魔力量少的人使用魔力藥水就夠了。不過，還是需要實際使用來測試具體恢復量。

【增加MP藥水】暫時增加最大MP量。附註：有副作用。
所需素材——全效藥水×5。EX魔力藥水×5。魔石。

雖然需要調查大約能增加多少MP量，但說明文中有一行危險的文字。副作用……使用分析可以查出來嗎？

我試用之後，發現是倦怠感……MP或SP耗盡時的狀態會持續一整天。

這樣不是相當難受嗎？

我也用分析調查了MP的回復量以及增加量，但不清楚會有多少效果。

在那之後，我與醒來的米亞她們一起吃了早餐，出發前往第四層。

最後我們在日落前順利抵達樓梯，做完登記後，決定今天先離開地下城一趟。

◇◇◇

隔天早上，我請尤伊妮確認能不能與阿爾札哈克見面，當天就見到了他。

阿爾札哈克對我的提議感到很驚訝，但他表示無法幫忙，拒絕了我。

話語差點脫口而出，但看到他滿是苦惱的表情，我就什麼也說不出來了。

因為即使是我也明白，他有他的苦衷。

由於我們決定將那天安排為休息日，我在那之後久違地去見了冬馬他們。

我現在才想到，如果使用分析，也許可以查出關於奴隸紋的情報，但可惜行不通。

不過有幾個人出現了輕度凶暴化的症狀，我使用恢復魔法治療了他們。

我詢問了他們的近況，他們說這裡的人溫柔地要他們現在先好好休息。

他們說聽到那番話，忍不住落下眼淚。
由於成長的環境惡劣，據說以前沒有同伴以外的人對他們說過溫柔的話，所以他們很高興。
然後第二天，我們移動到第四層。
但是在進入地下城前，我們遇到了一群忙碌工作的人。
「喔，年輕人，你們要去地下城嗎？」
找我攀談的人，是曾在第一層為我們做過說明的農夫。
「是的，我們準備去第四層。」
「聽說第四層會出現魔物，要小心喔。」
「今天的工作是把貨物運送出去嗎？」
訓練場內擺著許多木箱，親衛隊也加入他們，把那些木箱運送出去。
「是啊，這是把貨物搬運到定期船的工作。這個做完之後就告一段落了，不過還得去播種就是了。」
農夫說完就回去工作了。
他說過他們很忙碌，但他的表情看起來很充實。
據說第四層會出現魔物，不過薩克他們這次也留在城堡裡。
薩克任性地說要跟來，讓杜緹娜十分為難，但阿爾芙利德過來帶走了他。
第四層是以森林為中心的樓層，出現的魔物似乎只有歐克。聽說偶爾會出現高階種，但這幾十年來都沒有人目擊過。

人們在這裡除了狩獵歐克，還會在森林中採集堅果、果實與藥草類。從這一層開始，只會有接受過與魔物戰鬥訓練的人。其中也包含龍人的戰士，親衛隊也會輪流參加。

可能是為了對付歐克，杜緹娜也從這一層開始，將只在腰間佩劍的輕裝換成了身穿鎧甲，手持長槍。

另外，由於有魔物出沒，從這一層開始除了杜緹娜之外，還有四名親衛隊員同行。

「要通過這一層，可能會與歐克發生戰鬥。關於歐克的行動範圍……」

基本上歐克們在原野中央，到通往第五層的樓梯那一側建立了聚落。

因此採集堅果和藥草似乎都是在入口這一側進行。

另外這一層也有通往樓梯的道路，路況也經過整頓，可以供馬車通行。

還修建了其他幾條經過整備的道路。

那些路據說是為了將採到的堅果和藥草運送出去而新建的。

走了大約一小時後，我們看到森林中有大型的建築物。

「那是其中一座堡壘。像這樣的建築物有好幾座，大家會將堡壘當作據點活動。這裡與其說是用來與歐克戰鬥的地方，更像是用來儲存採集到的東西，將糧食等物資送到前線的中繼點。」

聽完杜緹娜的說明，我們請她讓我們參觀一下堡壘內部。

雖然杜緹娜將這裡稱作堡壘，但可能是因為遠離前線，感覺像是宿舍。

特徵就是圍牆建造得十分堅固，即使意外遭遇歐克襲擊，應該也能抵擋住吧？

「對了，我很好奇，在這一層也有……那棵大樹對吧？魔物不會攻擊大樹嗎？」

「……魔物不會攻擊的，不，魔物根本不會靠近那棵大樹，所以第一次來到第四層時，我們被教導在遇到緊急情況時，就躲到大樹那裡避難。」

在那之後，我們移動到精靈樹所在的中間點，在那裡吃午餐。

「希耶爾，妳吃那麼多不要緊嗎？」

希耶爾在地下城內果然就很有精神，少見地要求再來一份。

我看著她的情況，感覺越往下走，希耶爾在地下城內的身體狀況就變得越好。

如果要一直在這個地下城內生活……我的腦海中浮現這個想法，但我非常清楚做不到。

如果是在找到愛麗絲以後，或許還有可能，但我們還沒達成那個目的，所以不能停止前進，我也不願意與希耶爾分開。

我在出發前確認了精靈樹的狀態。

【精靈樹】＊＊＊創造的樹。魔力值　2258／10000

魔力值增加了將近50。

「空，怎麼了？」

「沒什麼，我們出發吧。」

我不知道原因，決定先前進。

結果直到抵達第五層的樓梯，我們一次也沒有與歐克戰鬥過。

看來是因為尤伊妮會經過這裡，他們事先狩獵了行經路線附近的歐克。

在第五層也是同樣的情況，這次薩克和薩哈娜也一起同行，但由於和第四層一樣沒有與魔物發生戰鬥，薩克面露不滿。

「光，可以的話，要不要來一場模擬戰鬥？」

也許是因為我們在中午過後就抵達樓梯，薩克對光提出邀請，盧莉卡與賽拉也跟著加入了。

看來兩人也想活動身體。

順帶一提，我在第五層分析精靈樹的結果是——

【精靈樹】＊＊＊創造的樹。魔力值　２２６３／１００００

我後來聽說，他們的確因為尤伊妮要來而提前狩獵了魔物，但是近來魔物的數量本身就在減少。

閒話・7

「還沒有消息嗎！」

在我眼前毫不掩飾煩躁的人，是波斯海爾帝國的皇帝。

他三十出頭，是這些人中最年輕的，懷抱著強烈的野心。但可能是因為缺乏經驗，他無法控制好自己的情緒。

包含身為艾雷吉亞王國國王的我在內，五位國王與代表都靜靜地看著他。

我也能理解他煩躁的原因。

現在我們為了討論討伐魔王的事而聚在一起。

由於要實際集合開會很困難，我們就使用珍貴的魔道具，進行影像通話。

這是以失傳技術製造出來的珍貴魔道具。

雖然方便，但缺點是魔石的消耗量很大。

不過這個開銷會由主辦國負擔。

而這次的主辦國是帝國。

也許因為他是個自我展示欲強的黃毛小子，他特意主動表明要參選。我就是因為可能會發生這種情況，所以把主辦權讓給了他。當然，是我煽動他擔任主辦者的。

在我的腦海中，已經描繪出打倒魔王後的藍圖。
所以，需要讓可能成為競爭對手的國家消耗國力。
這方面需要控制在不會影響到入侵黑森林的程度，所以很難斟酌。
「……再等下去也是浪費時間。因為時間是有限的，就由我們進行討論吧。」
雖然他自稱龍神的後裔，但終究只不過是劣等種族。
沒有必要為了那種劣等種族花費更多寶貴的時間。
聽到我的發言，皇帝表示同意，會議開始。
首先是聖王國，教皇可能是被逼得相當走投無路，對於魔王討伐，態度十分合作。
畢竟有留下歷代聖女都一定會參加魔王討伐的記錄。
他因為自己的失誤……還是被魔人操縱而失去了這個傳承，若不能討伐魔王，應該會失去那個地位。
在我看來，既然犯下那樣的失誤就應該趕快讓位，他到現在還抓著地位不放的樣子看起來可笑滑稽。
聖王國內似乎有各種派閥，但現在可能沒有人想成為教皇。
不過這樣更容易控制，我並不覺得困擾。就讓他以魔王討伐的名義，派出許多神聖魔法使用者，讓我來利用吧。
當我承諾一成功討伐魔王就會發出聲明，表示這都是教皇派出了神聖魔法使用者的功勞時，他顯得很高興。

關於艾法魔導國，普雷克斯的領主會主動派遣其領地的騎士團和冒險者，達成了協議。
現在的魔導國代表看似是個平凡的人物，但支持他的親信們能力很強。
我記得瑪喬利卡領主之妻就是親信之一，難怪總是把瑪喬利卡視為競爭對手的普雷克斯領主會請我們幫忙解決掉她。
我們接受了那個請求的事實，不存在就是了。
相反的，這次那個貪婪頑固的普雷克斯領主會主動協助，應該是我們以龍素材和解決親信的事暗示他的結果吧。
「我們這邊也算是接壤黑森林，所以沒辦法派出太多人。」
用詞遣字毫無品格的是拉斯獸王國的獸王。獸人就是這副德性。
他說獸王國的方針，是派遣人員到我們王國的城塞城市和王都。
老實說，我不想讓獸人進入領土……但派遣人員到攻略黑森林最前線的城塞城市很有幫助，因為他們頭腦簡單，只有戰鬥能力很強。
雖然有向冒險者公會提出委託，打算招募人員，但是由於曾直接受到魔人傷害，我們難以招集到人。
只不過老實說，我想拒絕他派遣人員到王都，因為首都會有股野獸的臭味。
但是也無法只拒絕派遣到王都吧……考慮到緊急狀況時可以把他們當作人肉盾牌使用，只能忍受了嗎？
「因為也需要安排住宿等等，可以請你提供派遣人員的名冊嗎？」

因為由我方來安排住宿，監視起來也比較方便。

「喔喔，那真是幫了大忙。我會立刻叫人製作名冊。」

愚蠢的傢伙，居然露出那麼高興的表情。

「我這邊這次無法派遣士兵，原因各位應該都很清楚。」

最後發言的是愛爾德共和國的代表。

皇帝聽到那段發言，瞪了代表一眼，但共和國代表面不改色，神情冷靜。

「……唉，這也沒辦法吧，這是自作自受。」

獸王的發言令皇帝的臉漲得通紅，但這是事實，所以無可奈何。

說到底就是因為帝國在締結停戰協定後，沒有確實遵守釋放及歸還戰爭奴隸的承諾，所以兩國的關係極為惡劣。

現場的氣氛越來越尷尬了。當我事不關己地這麼想時，至今都被遮蔽的通訊機器出現了新的參加者。是龍王。

「老頭，這麼晚才來做什麼！」

皇帝對姍姍來遲的龍王大發雷霆。

「唔？真奇怪，我有通知艾雷吉亞王國我會遲到了。」

他在說什麼？

當我這麼想的時候，文官慌張地跑過來，交給我一張便條。

『我國保護了被施予奴隸紋的少年少女。龍王』

我偷偷看向龍王，正好與他目光相對。

我壓抑住動搖。

「可能是溝通上有誤會，我剛剛收到文官的訊息，他的確有通知他會遲到。」

對皇帝表示歉意。

這時最好採取謙遜的態度。

不過，真的嗎？他只是虛張聲勢？還是情報外洩了？

儘管如此，我不能出聲確認，因為確認就相當於承認。

「算了，也罷。那麼龍王國可以派出多少兵力參加魔王討伐？」

「……現在情況有點混亂，我們這裡無法派兵。」

「你說什麼！」

一方面是因為遭到共和國拒絕，皇帝非常憤怒。

關於這件事，我無法插嘴，因為輕率插手會有受到波及的風險。

「沒什麼，因為有某個國家掀起戰爭，有許多奴隸受到保護，送來我的國家。不過真奇怪？根據停戰條約，戰爭奴隸應該全部歸還才對……哎呀，為何會發生這種事情呢？」

那是因為擁有奴隸的貴族歸還了一部分奴隸，賣掉了另一部分奴隸，藉此中飽私囊吧。

而皇帝肯定知道此事，卻故意放過。

為了用軟硬兼施的手段使貴族們服從。

聽到那番話後，皇帝最後退讓了。

在那之後，我們討論了提供給冒險者公會的報酬、軍隊組織，以及入侵黑森林的方法。

另外也商議了關於食品和消耗品等物資的事，中間經過休息，會議最終持續到深夜。

「我也收到了報告，指出最近來自黑森林魔物的攻擊加劇了。下次會議是準備工作的最終確認，到時候只要準備就緒，我想立刻實行魔王討伐作戰。」

以皇帝的話作結，會議結束了。

我聽著那番話，心想著需要加快勇者們的準備工作了，盤算著往後的計畫。

第7章

「我們現在要前往第六層，在這裡請絕對不要離開我……還有尤妮身旁。」
走下樓梯前，杜緹娜過來提醒我們。
阿爾提亞地下城的第六層是由湖泊構成的樓層，只有通過中央的路是陸地。
今天我們比平常還要早集合。
「這裡會出現的魔物是蜥蜴人。在這個地下城裡，牠們不會襲擊身為龍人的我們。」
她似乎是因此才叫我們不要離開她們身邊。
順帶一提，薩克和薩哈娜兩人不在這裡。
當我們踏入第六層，蜥蜴人們一起開始行動。
我看著ＭＡＰ，知道牠們的反應朝我們這邊聚集而來。
道路兩旁到處都有把鼻子以上露出水面的蜥蜴人跟過來。
「讓人想起青蛙人呢。」
正如盧莉卡所說，牠們的確很像棲息在瑪喬利卡地下城第二十五層的青蛙人。
這一幕與青蛙人包圍那座浮島時的樣子很相似。
看到牠們令人毛骨悚然的外觀，尤伊妮不禁抱住了克莉絲。

雖然像杜緹娜說的一樣，蜥蜴人沒有發動攻擊，但牠們保持一定的距離跟著我們。

由於蜥蜴人一直跟著，尤伊妮看起來很難受。即使她試著不去看，蜥蜴人無論如何都會進入視野，因此讓她更加不舒服。

「為什麼大家都沒事呢？」

即使尤伊妮淚眼汪汪地問，我們也無從回答。硬要說的話，就是面對青蛙人時已經習慣了？

「在意是白費力氣。」

「沒錯，既然牠們不會攻擊我們，那只要無視就行了。」

雖然盧莉卡這麼說，但是看她的動作就知道她正在保持警戒，以因應任何狀況。

我也為大家施放了護盾魔法，效果消失就重新施放。

然後在中午過後，我們抵達了樓層中間點，精靈樹的所在處。

【精靈樹】＊＊＊創造的樹。魔力值　2261／10000

我進行分析，發現魔力值減少了一點。不曉得數值是依據什麼增減。

吃完遲來的午餐，我們休息一會兒就出發了。

用這樣的步調走下去，我們可以在今天內抵達第七層。這就是我們比平常更早出發的原因。

那一天的深夜，我們按照計畫，完成通往第七層的登記。

尤伊妮不免走累了，最後是由影來搬運她。

我眼前放著增加ＭＰ的藥水。分析技能等級已經升到４級了，但即使調查，也看不到會增加多少ＭＰ的詳細情報。

「果然只能試用了嗎……」

考慮到副作用，我不免猶豫不決。那種感覺不管體驗幾次都很難受。

「空，怎麼了嗎？」

當我在猶豫要不要使用增加ＭＰ的藥水時，米亞對我說道。

我看著米亞……決定告訴她。

因為她雖然面帶笑容，但表情彷彿在說「你又隱瞞著什麼事嗎？」。嗯，眼神好可怕。

「副作用啊……那個沒辦法消除嗎？」

聽到米亞的那句話，我開始思考。

我沒有想過這一點。

在創造中沒有呢。如果改良呢？要用鍊金術嗎？

我一邊思考，一邊整理目前的狀況。

昨天看到時，精靈樹的魔力值是２２６１／１００００，需要的魔力為７７３９。

順帶一提，我、克莉絲和尤伊妮的魔力分別是７９０、１５５０、２０６９。

總計為４４０９，所以還差３３３０。

但精靈樹的魔力值每天都會變動，所以我想保有一定的餘力。

如果增加MP藥水能單純地把MP增加為兩倍，就足以達到目標數值，但以我的情況來想，我也很好奇藥水會如何影響職業補正提升的部分，因為也有可能只會增加基本狀態值。

這方面只能實際喝下藥水來確認了。

……離題了呢。

……如果使用月桂樹果實，副作用會不會消失呢？

也許值得嘗試，但那可是貴重物品。

總之，即使會變得動彈不得，要試就在第七層試試看吧？

就算變得動彈不得，那裡對希耶爾來說應該也是舒適的環境。

我絕不是因為害怕副作用才延後喔。

「我沒有進入第七層的許可，所以就到這裡為止了。」

隔天，杜緹娜這麼說完，就去幫忙出貨了。

杜緹娜至今會陪我們同行，據說是為了讓加入親衛隊不久的她累積各種經驗。

地下城第七層是一片視野開闊的草原。和其他樓層一樣，供人行走的道路筆直地向前延伸。

精靈樹就在那條路的盡頭，從入口處也可以清楚地看到。

我們大約步行六小時就抵達了精靈樹。以步數來算是五萬步吧？

這以一般標準來說是相當快的速度，但我的體力比原本世界的人們好得多，真的很慶幸有漫步技能的助益。

這一層的精靈樹與之前的樓層不同，不只有樹幹，還有樹枝伸展開來。

「那就是月桂樹果實嗎？」

在大約三公尺高的樹枝前端，結著一顆黃色的果實。

一根枝條上只結著一顆果實，看來不是每根枝條都會結出果實。

特別是現在，似乎有許多果實成長到一半就停止了。

據說月桂樹果實成熟時，顏色會從黃色轉為橘黃色。色澤接近橘黃色時，果實會慢慢變重，最終重量會使樹枝垂下。

當果實下垂到正好容易摘採的位置，就是採收的時機，但也可以提早採收。

提早採收的話，就無法獲得月桂樹果實原有的效果。

「聽說最近果實成長到一定程度之後，不管等幾天都不會繼續成長，因此只好無奈地提早採收。」

尤伊妮告訴了我近來月桂樹果實的培育情況。

另外，當果實成長到變成橘黃色後，如果十天內不採收，果實就會變質。

順帶一提，月桂樹果實需要二十到三十天的時間生長。

「看來再多等一會兒比較好。」

果實已接近橘黃色，但位於伸手也無法觸及的位置。

「要回去一趟嗎？還是要留下來？」

「我有事情想嘗試看看，可以待在這裡嗎？希耶爾看起來也很有精神。」

希耶爾飛到了月桂樹果實附近。
她不會突然咬一口吧？
當我想著這種事時，希耶爾停止飛行，開始依偎著精靈樹睡覺。
看到那幸福的睡臉，光和盧莉卡也躺了下來。
我確認一下精靈樹目前的狀態。

【精靈樹】＊＊＊創造的樹。魔力值　2265／10000

魔力值增加了呢。
我也在精靈樹附近坐下來，從道具箱裡拿出增加ＭＰ藥水。
「你真的要用那個嗎？」
可能是聽米亞提過，克莉絲擔心地問我。
「我需要確認效果。因為我還需要根據得到的效果，思考其他辦法。」
我另外從道具箱裡拿出其他料理和食材等東西，交給克莉絲。
服用之後應該不會變得無法動彈，但依副作用而定，身體可能會難以行動。
我做好所有的準備，一口氣喝下增加ＭＰ藥水。
當藥水進入體內，身體漸漸變熱。
我察看狀態值面板，看到ＭＰ數值正慢慢上升。

雖然不到一分鐘，但數值已經是……MP590／885（＋200）。

職業補正的部分沒有變化，效果是增加基本狀態值乘以一．五嗎？

「空，你沒事吧？」

「嗯，身體有點熱，但沒有太大的變化。」

增加MP藥水的效果大約持續了十分鐘。

然後在效果消失，MP最大值恢復原狀的瞬間，一股倦怠感侵襲而來。

當我忍不住躺下來時，尤伊妮一時慌張，但聽米亞說明過情況後冷靜了下來。

我姑且有事先向尤伊妮說明過，她似乎驚慌失措到忘記了。

看到有人突然倒下，當然會驚訝吧。

米亞一開始也很驚訝，但她已經看過好幾次，自己本身也經歷過幾次了。

當我移動身體，改成仰臥時，希耶爾輕輕地跳到我的胸口上。

「妳在擔心我嗎？」

希耶爾對我的詢問點了點頭，在我的胸口上睡起覺。

也許是心理作用，我覺得身體變舒服了一點，這是我的錯覺嗎？

「不好意思，讓我睡一會兒吧。」

我交代了一聲，便閉上眼睛。

「空，你醒了嗎？」

當我睜開眼睛時，米亞就在眼前探頭注視著我。

「身體感覺怎麼樣？」

「一切如常。」

周遭已經變暗，除了米亞和克莉絲，其他人似乎都在睡覺。

明月當空，散發溫柔的光輝。雖然我知道那是地下城生成的景色，但看起來只像是真的。

我用視線尋找希耶爾，發現她被光和盧莉卡包圍著睡覺。

「希耶爾在地下城裡果然充滿活力呢。她剛才食慾旺盛極了。」

聽到米亞的話，克莉絲也輕聲笑了起來。

「那麼，空，效果如何？」

我正要回答，但躺著說話有點不舒服，於是移動身體，靠在精靈樹的樹幹上。

「很遺憾的是，就算使用了增加ＭＰ藥水，魔力好像還是不夠。」

聽到我的話，兩人的表情都沉了下來。

「如果我的漫步技能等級能輕鬆升級就好了。」

目前漫步技能的等級是58級，但即將升到59級。

然而技能提升1級，增加的ＭＰ是10點，至少必須提升50級以上才能達到所需的魔力量。

這麼一來，就需要以其他條件來增加精靈樹的魔力值了，但我根本不知道增加魔力的方法，要找到尖耳妖精也很困難。

如果知道方法，阿爾扎哈克應該已經付諸實行了。

我希望精靈樹的魔力值至少能繼續有一定程度的回復，準備再次使用分析技能，確認目前的魔力值。

我轉頭想看向精靈樹，但一時失去平衡，身體離開了樹幹。

在我差點直接撞到地面時，米亞扶住了我，但我在那時對地面使用了分析。

【阿爾提亞地下城的土壤】第七層的土壤　營養值97／100　魔力值100／100

然後，我目睹了這樣的分析結果。

我至今幾乎不曾鑑定過土壤。唯一的例外只有受奴隸紋影響，被汙染變成黑色的土壤吧？

但當時鑑定後並未顯示出營養值和魔力值，是因為當時我還沒學會分析，只用了鑑定的關係嗎？

我突然想到一件事，從道具箱裡取出在洛奇亞得到的土壤，進行分析。

【洛奇亞的土壤】為農業用途製造的土壤，有助於農作物生長。營養值100／100

洛奇亞的土壤只有營養值，不存在魔力值。

這樣看來，魔力值可能是這個地下城特有的東西。

另外，土壤的名稱是根據地名或地點命名的嗎？這樣很容易理解是很好。

「空，你突然怎麼了？」

聽到米亞的話，我把剛才看見的情報告訴兩人。

「……分析技能真厲害。不過那樣一來，其他樓層的情況會是如何呢？」

正如克莉絲所言，這個的確令人在意。既然顯示為阿爾提亞地下城第七層的土壤，那其他層的土壤會顯示為第一層、第二層之類的嗎？

「空，你臉上寫著『好想現在馬上就去確認』喔。」

我把手貼在臉上時，兩人都覺得很有趣地笑了。

看樣子米亞根據我的性格，料想到了這句話。

「總之，請你好好休息，因為我們也差不多要睡覺了。還有，如果你很在意，我們可以分頭去拿土壤喔。」

我老實聽從克莉絲的話，閉上眼睛再次入睡。

「那麼，空，拜託你看家了。希耶爾也要盯著空，別讓他亂來喔。」

聽到盧莉卡的話，希耶爾就像在表示「包在我身上」般，揮了揮耳朵。

由於我還需要半天以上才能正常行動，盧莉卡她們在這段期間聽完克莉絲的話，決定分頭去拿第一層到第三層的土壤。

我拜託她們不要只去一個地方，而是從多個地點取來土壤。

盧莉卡和賽拉負責第一層，光和米亞是第二層，第三層則是由克莉絲和尤伊妮負責。

我目送六人離開後，召喚出影和艾克斯。

雖然我認為只要稍微勉強自己就可以行動，但我要做現在這個狀態下能做的事。

我讓牠們分別往不同方向移動，使用了同調技能。

我的意識目前轉移到影身上，與影共享視野，測試了在這種狀態下，使用鑑定系技能會有什麼結果。

結果，我可以用分析調查，但使用技能時感覺消耗了更多ＭＰ，鑑定則無法使用。

這次我開啟了狀態值面板，然後分析精靈樹，在與艾克斯同調的狀態下分析了艾克斯所看到的東西以及地面。

在同調狀態下使用魔法，消耗的ＭＰ量明顯更多。

另外，既然可以使用分析，我也試過了其他魔法，可惜的是其他魔法無法使用。

如果同調技能的等級提升，或許能夠使用，這個就以後不時進行測試吧。如果影突然噴火，或是艾克斯使用了魔法，大家可能會很驚訝……如果能夠做到，我得如實告知大家。

如果我抱著讓大家大吃一驚的想法突然付諸實行，只會挨罵啊。

我發出指示，叫兩個魔像回到身邊，操縱艾克斯扶我起來。

因為沒有事情可做了，儘管倦怠，我也想走一走。

我會讓影和艾克斯留在身邊，是為了在我倒下時扶住我。

「嗯，我想走一會兒，我不會勉強自己的。」

希耶爾依照盧莉卡的囑咐過來想阻止我，但我這樣提出請求，她就無奈地跳到影的背上，像在監視地看著我。

這樣子我們的立場就對調了呢。

「希耶爾妳才是，妳的身體狀況如何？」

她在影的背上蹦蹦跳跳，彷彿在表示沒有問題，但這只是在地下城內。而且我覺得越深入下方樓層，她果然就越有活力，特別是這一層，好像讓她覺得很舒服。

我一邊心想希望能儘快讓她在外面也一樣有精神，一邊踏出一步。

我的體內發生了變化。

倦怠感消失了。

當我停下腳步站著不動，倦怠感就再次襲來，我失去平衡被影和艾克斯攙扶住。

「我不要緊。話說走路好像會讓我的身體狀況變好。我打算走一會兒，妳想怎麼做？」

我詢問後，希耶爾說想和我同行，所以我們決定走遍整個第七層並著手行動。

第七層有道路從入口通往精靈樹，但其實反方向也有道路。

只是即使沿著道路走到盡頭，那裡也只有牆壁，沒有往下的階梯。

「嗯？有什麼地方讓妳在意的嗎？」

希耶爾用耳朵拍打牆壁，在我叫她後就回來了。

我在那之後也繼續走路，有時使用分析來提升技能的熟練度。

「空，你在做什麼？」

回來的賽拉看到我，開口第一句話就這麼說。

「沒什麼，倦怠感會在走路的時候消失。」

聽到我如此說明，盧莉卡和賽拉聽到都傻眼不已。

在那之後光她們也回來了，但我不斷地走路，直到時間到了為止。

副作用的效果消失後，我立刻開始分析她們帶回來的土壤。

【阿爾提亞地下城的土壤】第一層的土壤

營養值　33／100　魔力值　72／100

營養值　10／100　魔力值　39／100

營養值　89／100　魔力值　0／100

【阿爾提亞地下城的土壤】第二層的土壤

營養值　100／100　魔力值　100／100

營養值　92／100　魔力值　52／100

營養值　15／100　魔力值　93／100

【阿爾提亞地下城的土壤】第三層的土壤

營養值　97／100　魔力值　99／100

營養值　88／100　魔力值　82／100

營養值　55／100　魔力值　100／100

果然數值會依地點不同有所差異。

我從大家所說的話中得知，營養值較低的地方是目前在栽培作物的土壤，以及第三層家畜食用的牧草生長的土壤。還有營養值高但魔力值低的地方，是收成後馬上栽種下一輪蔬菜的地方。

另外，第二層營養值和魔力值皆為100的土壤，是目前沒有種植穀物的土壤。

這麼看來，培育農作物需要的是營養值，當營養值減少，就會以魔力值來補充嗎？

那麼，消耗的魔力值是如何回復的呢？

淨是不明白的事情啊。當我這麼想的時候，我發現分析的等級升到5級了。

有時技能升級，能做的事情就會變多，那麼分析呢？

我試著分析從第一層取來的土壤，發現營養值和魔力值的文字不時閃爍。

我選擇營養值的文字，顯示出新的訊息。

訊息透漏，營養值越高的蔬菜成長速度越快，能長出品質優良的大顆蔬菜。若營養值低則會相反。此外，營養值在這裡好像會隨著栽培蔬菜的次數而減少。

另外，魔力值的機制似乎是在營養值降到0時，會減少魔力值來回復營養值的數值。

順帶一提，如果沒有使用在任何地方，營養值和魔力值會按照設定的機制逐漸自然回復。

但是魔力值降到0就不會再回復，因此當營養值和魔力值兩者都降到0時，就會消耗精靈樹的魔力來回復。

精靈樹的魔力會少這麼多，就是因為這個原因嗎？

但我這幾天看過精靈樹的魔力值，數值正在增加，我認為精靈樹本身也有回復能力。

若是這樣，代表只要建立一個不會消耗精靈樹魔力值的環境就行了……

我察看鍊金術的清單，尋找是否能製作肥料。

然後我發現的確可以製作，但是……

「欸，尤伊妮。城堡的圖書館有收藏農業相關的書籍嗎？」

我突然這麼說，讓她感到困惑。

我告訴她剛剛透過分析得知的事情後，尤伊妮的表情變了。

「我回去會確認看看。父親大人嗎？他大概不知道，所以我會找負責管理的人問問看。」

我會問尤伊妮是有原因的。

我知道用我的鍊金術，可以製造出類似肥料的東西。

雖然很花時間，但活用那種肥料說不定可以回復地下城土壤的營養值和魔力值，還可以回復精靈樹的魔力值。

雖然這麼做能暫時解決問題，但如果保持現狀，回復的魔力值總有一天會再度耗盡。歷史說明了這一點。

到時候我不知道是否還在這片土地，而且我也不是長壽種族，原本就無法生存太久。

既然如此，就應該要想出一個即使我不在，也能解決問題的方法。

「……希耶爾，我們要回去一趟，可以嗎？還是說妳要留在這裡？」

我提出問題後，她考慮了一下，但選擇跟我們一起回去。

◇◇◇

從隔天開始，我們一直過著忙碌的日子。

我們在晚上離開地下城，為了替隔天做準備而去休息。

只有尤伊妮去見阿爾扎哈克，與他談談。

隔天醒來後，尤伊妮似乎已經把事情安排好了，第一層到第三層的工作人員們會準備我要使用的土壤。

在這段期間，我分析了第四層、第五層的土壤，調查了營養值和魔力值。

同伴們也各自忙碌，克莉絲和米亞在圖書館閱覽農業相關的書籍進行調查，光和我一起走訪第四層、第五層，盧莉卡和賽拉則幫忙搬運土壤出來。

我在中午前與盧莉卡她們會合後，立刻使用鍊金術製作營養豐富的土壤和肥料。

【魔養土】營養豐富的土壤。品質：普通。

製作方法很簡單。將魔石弄碎，撒在土壤上，然後用鍊金術注入魔力，魔養土即告完成。

品質似乎會根據魔石的品質以及土壤與魔石的比例而改變，由於這次需要大量的魔養土，所以我降低品質，調整到「普通」。

魔養土一製作出來就被運送到田地。

雖然效果最好的用法是與土壤混合，但已栽種農作物的地方無法這麼做，所以用撒的。就算這樣使用，姑且還是有效果。

但這項工作很缺少人手，因為這是一般農務之外的額外工作。

儘管如此，由於是來自阿爾扎哈克的請求，所有人都毫無怨言地動手幹活。親衛隊和冬馬他們也來幫忙。

另外，阿爾提亞裡也有幾個人會使用鍊金術，我教了他們魔養土的製作方法，但是沒有人能製作出來。

我的鍊金術技能等級是ＭＡＸ，可能需要相對應的等級才能製作。

製作魔養土的工作開始三天後，尤伊妮她們垂頭喪氣地來找我。

「圖書館裡沒有空先生說的那種書。」

聽說尤伊妮她們還請女僕一起幫忙找了。

我在魔法學園的圖書館看過食譜，但也沒有看過農業相關的書籍。

也有可能是我沒有打算調查農業的情報，所以漏看了。

「既然沒有，那也沒辦法。」

我這麼說著，學習了一個技能。

我早已決定如果沒有農業相關的書籍，就要學習這個技能。

還有，阿爾提亞的鍊金術師們依舊無法製作魔養土，也是我決定這麼做的原因。

NEW
【農業Lv1】

技能效果與烹飪技能類似，會告訴我農業相關的知識。
我立刻使用農業技能調查肥料……在這個情況下，就是腐葉土的製作方法。
所需的素材主要是樹枝和落葉，還有家畜的糞便嗎？
我告訴尤伊妮所需的素材，拜託她派人在第三層和第四層收集。
第四層會出現魔物，所以由克莉絲她們前往。
「那麼克莉絲，我把影和艾克斯的魔像核心交給妳。」
魔像核心已經賦予了魔力，克莉絲應該能善加活用。
「希耶爾想怎麼做呢？」
我這麼問道，希耶爾就來回看著我和克莉絲她們，最後選擇和我在一起。
看到那個動作，我不禁忘了希耶爾現在不是最佳狀態。
但她離開地下城幾天就會變得很沒精神，所以我也不回城堡的房間，就住在地下城內。
跟我一起過夜的農夫們——
「真不敢相信，你居然不回到那些可愛女孩的身邊。」

好幾次都對我這麼說。

在鍊金術的製作工作告一段落後，我去幫忙搬運魔養土，同時來到精靈樹所在的地方。

【精靈樹】＊＊＊創造的樹。魔力值　2417／10000

魔力在順利增加。

我很高興，但也擔心參與工作的人們狀況。

他們絕大多數都住進地下城裡工作，已經好幾天沒有回家了。

看起來也累積了不少疲勞。

我們也想去第七層，那去找尤伊妮商量吧。

而且，我必須教他們製作肥料的方法，讓他們即使我不在也能製作肥料。

◇◇◇

中午過後，我們進入地下城第七層，當我們抵達精靈樹時，已經晚上了。

月桂樹果實雖然已變成橘黃色，並下垂到能觸及的位置了，但在月光映照下也沒閃閃發光。

「好像……還沒有成熟呢。」

我用鑑定也調查過了，不會有錯。

【月桂樹果實】萬能藥，可食用，可飲用。未成熟品。＊＊＊的劣化品，成長極限。

可能是因為我學會了分析技能，說明文新增了「成長極限」這四個字。

看來最好當作再繼續等下去，果實也不會成熟了。

因為樹上大約有五十顆月桂樹果實，我們分頭採收了果實。

「空先生，這些請你們拿去用。」

尤伊妮把其中十顆交給我。

我向她道謝，思考該怎麼做。

「即使直接給希耶爾吃下那麼多顆月桂樹果實，我也不認為她會完全痊癒。」

「我認為必須提升月桂樹果實本身的效果。不能用鍊金術製作出這樣的東西嗎？」

聽到克莉絲的話，我察看了鍊金術和創造技能，但看來無法強化月桂樹果實本身，也無法把多顆果實濃縮成一顆。

「……我想用鍊金術嘗試一件事，可以用一顆果實嗎？」

「你要用來做什麼呢？」

「我想將月桂樹果實與增加ＭＰ藥水合成。」

雖然不知道會出現什麼效果，如果效果能增加一倍，那就可以確保注入精靈樹所需的魔力。

徵得許可後，我馬上使用鍊金術。

首先，我將月桂樹果實化為液體。我右手拿著增加ＭＰ藥水，左手拿著裝月桂樹果實液的瓶子，一邊注入魔力一邊發動鍊金術。

【增加ＭＰ藥水改】暫時增加ＭＰ量。

與一般增加ＭＰ藥水的差異是……副作用的文字消失了。沒有提到會增加多少，還是只能試用看看了嗎？

「做出好東西了嗎？」

「嗯，我試著把增加ＭＰ藥水與月桂樹果實結合起來，完成了沒有副作用的成品。」

明天預計要再次用鍊金術製作魔養土，到時候喝喝看吧。

第二天見到農夫們，可能是經過一天的休息，他們恢復了精神。

但現場有一些平常不會看到的人。

「為什麼蒂雅他們會在這裡？」

「喔，其實我偶爾會跟蒂雅見面，她在那時候來找我商量。」

據賽拉所說，蒂雅找她商量，說她照顧的孩子們因為與父母共度的時間很少，感到很寂寞，而賽拉好像將這件事告訴了尤伊妮。

她為了讓孩子們能獲准進入地下城，與阿爾扎哈克及農夫代表進行了討論，最後請孩子們也來幫忙。

雖然他們無法與父母一起做體力勞動，但應該可以安排一起吃飯的時間。

光是這樣，他們一定就很高興了。

孩子們的工作主要是製作肥料。

由我來教導被任命負責此事的農夫和孩子們製作方法。

說要教導別人聽起來很了不起，但我只是把技能提供的知識，照原樣說出來而已。

只不過與鍊金術不同的是只要按照步驟操作，任何人都可以製作。

持續工作到中午，在其他樓層工作的人們會回到第一層，一家人共進午餐。

暫時的家庭團聚結束後，他們會再度開始工作。

孩子們也去做下一個工作，許多孩子是第一次搭乘馬車，覺得很高興。

把魔養土與土壤混合起來是體力活，因此他們安排孩子們去播種，也有孩子揹著大籃子，運送收成的蔬菜。

第一次做這些工作應該很辛苦，但大家都沒有露出不高興的表情，努力工作。而且我也看得出來，附近的大人們很關心孩子們。

我可不能輸給他們。

我喝下增加ＭＰ藥水改，察看狀態值面板的數值。

增加的魔力量沒有變化啊。即使如此，光是消除了副作用就有所不同。

我一邊想著道具箱中魔石的剩餘數量，一邊努力製作魔養土。

從孩子們開始幫忙後過了十天。

孩子們貢獻了自己的力量，大幅減輕了大人們的負擔。

不僅如此，他們似乎對在地下城過夜產生了興趣，還出現了留宿在地下城裡的大膽孩子。

一個孩子開始這麼做，其他孩子就紛紛效仿，父母們對此露出苦笑。

不過除了能跟父母共度時光，他們好像覺得在大房間裡和朋友們一起過夜很有趣。

我每天確認一次精靈樹的魔力值，最後確認時，已增加到【3459／10000】。

即使如此，就算使用增加MP藥水，數值還是無法達標。

我請克莉絲和尤伊妮使用一次增加MP藥水改，試著用分析調查，不過目前我們的魔力總計為6528，她們兩人似乎沒有職業補正。

「那就再努力一下吧。」

聽到盧莉卡的話，我們都點點頭。

在那之後又過了五天，精靈樹的魔力值終於達到了3600。

見狀，我們去向阿爾扎哈克報告，告訴他我們要為精靈樹注入魔力。

阿爾扎哈克默默地聽著那個方法，很是擔心，但他意識到我們決心已定，提醒了一句「你們要小心」就送我們離開。

來到精靈樹前，我們沒有馬上注入魔力，而是先休息一下。

因為我們要在入夜以後實行。

我們是在中午時分進入地下城，所以應該再過不到一小時，太陽就會下山了。

我決定在那之前先確認狀態值。

姓名「藤宮空」　職業「魔導士」　種族「異世界人」　無等級
HP600／600　MP600／600（＋200）　SP600／600
力量……590（＋0）　體力……590（＋0）　速度……590（＋0）
魔力……590（＋200）　敏捷……590（＋0）　幸運……590（＋0）

技能「漫步Lv59」
效果「不管走多少路也不會累（每走一步就會獲得1點經驗值）」
經驗值計數器　1227398／1510000
技能點數　2

已習得技能
【鑑定LvMAX】【阻礙鑑定Lv6】【身體強化LvMAX】【魔力操作LvMAX】
【生活魔法LvMAX】【察覺氣息LvMAX】【劍術LvMAX】【空間魔法LvMAX】【平行思考LvMAX】【提升自然回復LvMAX】【遮蔽氣息LvMAX】【鍊金

術ＬｖＭＡＸ】【烹飪ＬｖＭＡＸ】【投擲・射擊ＬｖＭＡＸ】【火魔法ＬｖＭＡＸ】【水魔法ＬｖＭＡＸ】【心電感應ＬｖＭＡＸ】【夜視ＬｖＭＡＸ】【劍技Ｌｖ９】【異常狀態抗性Ｌｖ８】【土魔法ＬｖＭＡＸ】【風魔法ＬｖＭＡＸ】【偽裝Ｌｖ９】【土木・建築ＬｖＭＡＸ】【盾牌術ＬｖＭＡＸ】【挑釁ＬｖＭＡＸ】【陷阱Ｌｖ８】【登山Ｌｖ７】【盾技Ｌｖ５】【同調Ｌｖ５】【變換Ｌｖ６】【減輕ＭＰ消耗Ｌｖ５】【農業Ｌｖ３】

高階技能

【人物鑑定ＬｖＭＡＸ】【察覺魔力ＬｖＭＡＸ】【賦予術ＬｖＭＡＸ】【創造Ｌｖ９】【賦予魔力Ｌｖ７】【隱蔽Ｌｖ７】【光魔法Ｌｖ４】【分析Ｌｖ５】

契約技能

【神聖魔法Ｌｖ６】

卷軸技能

【轉移Ｌｖ６】

稱號

【與精靈締結契約之人】

這是最終確認。

為精靈樹注入魔力的是克莉絲，我和尤伊妮則是輔助她。

我們先喝下增加ＭＰ藥水改，增加ＭＰ。

接著使用同調和變換，把我和尤伊妮的魔力性質配合克莉絲……尖耳妖精變化。

一切準備就緒之後，就由克莉絲來注入魔力。

我們姑且做過好幾次同調和變換的練習，應該沒問題，不過到了正式行動時，緊張感果然就開始高漲。

◇◇◇

太陽下山，地下城內亮起了月光。

自從上次採收經過了大約半個月，但月桂樹果實似乎還在成長中，顏色接近黃色，果實大小也還偏小。

「那麼準備開始吧。」

聽到我的話，一臉緊張的克莉絲和尤伊妮點點頭。

希耶爾飛出了我的兜帽，移動到光的頭上。

是顧慮到我們，以免造成妨礙嗎？

【精靈樹】＊＊＊創造的樹。魔力值　3614／10000

精靈樹的魔力值沒有問題。

我喝下增加MP藥水改，兩人也跟著喝下藥水。

然後也喝下EX魔力藥水。

我對兩人使用人物鑑定和分析，確認MP上升到了最大值。

「那就開始吧。」

我和克莉絲與尤伊妮牽起手，使用同調和變換，把我和尤伊妮的魔力配合克莉絲的魔力進行調整。

我使用察覺魔力，確認我們的魔力變得相同後──

「克莉絲，拜託妳了。」

我對克莉絲說道。

克莉絲大大吐出一口氣，將空著的手放到月桂樹樹幹上。

見狀，尤伊妮的手顫抖起來──

「別擔心，交給我。」

我對她這麼說後，她冷靜了下來。

「我要開始了。」

克莉絲說出開始的信號，逐漸注入魔力。

我用察覺魔力探測，感覺到克莉絲的魔力正逐漸減少。

因此我用魔力操作，把我和尤伊妮的魔力傳送給克莉絲，補充減少的部分。

當我使用分析看著精靈樹，發現精靈樹的魔力值隨著我們魔力的減少，以驚人的速度上升。

當魔力值超過９０００時，精靈樹開始發光。

然後當魔力值達到１００００時，精靈樹完全被光芒籠罩。

那道光很快就延伸至為了注入魔力，把手貼在樹幹上的克莉絲身周，我和尤伊妮也被光包圍住。

被那道光包圍時，我感到有某股暖流流入體內，彷彿聽到了「謝謝～」的聲音……是我的錯覺嗎？

此時我們不知道，據說包含阿爾提亞城市的居民，馬爾提等地的居民都目睹了地面上的精靈樹葉子閃閃發光，照亮夜空的景象。

精靈樹發光了一會兒，但那道光芒慢慢平息，完全變回了原本的狀態。

與此同時，克莉絲的手從精靈樹樹幹上移開後，她的身體一歪。

我慌忙扶住克莉絲的身體，但也許是因為牽著的手被拉扯過來，這次換成尤伊妮朝我這邊倒下，所以我放開手接住了她。

見狀，盧莉卡和賽拉衝了過來。

「克莉絲，妳沒事吧？」

「尤伊妮也是，感覺怎麼樣？」

當兩人詢問時，她們似乎都有意識，輕輕點了點頭。

「主人，果實！」

然後我因為光的聲音而抬起頭，發現直到剛才還很小顆的果實已經長大，下垂到手能觸及的位置了。

果實在月光映照下更加閃閃發光。

【月桂樹果實】萬能藥，可食用，可飲用。成熟品。＊＊＊的劣化品。

我鑑定了月桂樹果實，未成熟品那段字變成了成熟品。

但是劣化品這段文字仍然沒變。

「給妳，希耶爾。」

光摘下月桂樹果實，遞給希耶爾。

希耶爾一口吃掉果實，墜落到地上後開始顫抖。

所有人都擔心地注視著她的情況。

但希耶爾突然抬起頭，睜大眼睛，轉向我並用耳朵用力地拍打地面。

尤伊妮對這突然的激烈動作吃了一驚。

因為希耶爾在地下城裡時的確很有精神，但她第一次做出如此激烈的動作。

順帶一提，我告訴尤伊妮，希耶爾的那個動作是要求『我肚子餓了，要吃飯！』的信號後，她很是困惑。

「是平常的希耶爾！」

「沒錯，這樣才是希耶爾。」

「那個動作果然很棒呢，感覺希耶爾回來了。」

光、賽拉和盧莉卡看到這個動作，臉上露出笑容。

米亞和克莉絲都無奈地看著她，嘴角卻浮現微笑。

由於我們也還沒吃晚餐，機會難得，我們決定在這裡用餐。

我把做好的料理發給大家，在希耶爾面前擺了許多料理。

「那、那個，她吃得下這麼多嗎？」

那個分量讓尤伊妮臉頰抽了抽。

以一般人來說的確是很多，但我覺得現在的希耶爾吃得完，如果她吃不下，再收回就行了。

我端出一定分量的食物後，對投來熱切目光的希耶爾點點頭。

那就是信號。

希耶爾大口地把一道道料理接連掃光。

彷彿要補回至今沒吃到的分一樣。

光可能也受到希耶爾的刺激，較量似的吃著東西。

「小光，吃太飽會肚子痛喔。」

米亞這麼提醒她。

……我們暫且吃完飯了，但希耶爾仍在進食。

一開始的那股氣勢不免已經消失，她現在看起來像在仔細品味食物。

尤伊妮只是瞪大雙眼，看著那一幕。

隔天早上我醒來時，希耶爾從精靈樹那邊飛了過來。

她大概是肚子餓了，要求要吃東西。

「等大家都醒來後再吃。」

聽到我的話，希耶爾露出稍微思考的神態，回到精靈樹上。

看到她充滿活力的樣子，我不禁露出微笑，但因為還不清楚希耶爾是否已完全康復，尚且不能大意。

現在的希耶爾的確回到了吸收奴隸紋之前的狀態。

但是她在地下城內本來就會恢復精神，我認為離開地下城後，得觀察幾天才能確定。

因為鑑定依舊對希耶爾無效，就算使用分析也無法看到她的情報。

不過米亞和尤伊妮都說她們認為沒有問題了。她們說雖然不知道原因，但就是有這種感覺。

在那之後，我們與醒來的大家一起吃了早餐，離開地下城。

「希耶爾，怎麼了？」

我們做好出發準備，正要邁步前進，希耶爾卻飄在空中不動。

希耶爾面朝著與樓梯相反的方向，一動也不動。

不過看到大家都在等她，她不久後就飛到了我們身邊。

我們從地下城出來後，決定就此解散。

尤伊妮為了去向阿爾扎哈克報告，與前來迎接的阿爾芙利德一起走了，我們則是吃完午餐後在房間裡休息。

因為阿爾芙利德說她之後會過來接我們。

◇◇◇

太陽快要下山的時候，有人敲敲門。

我打開門，看到杜緹娜站在門外，她帶我們走到一個不曾沒進去過的房間門前。那扇足以讓巨人通過的巨大門扉，表面上雕刻著精美的圖案。

杜緹娜說，這裡是寶座大廳。

杜緹娜向站在門兩旁的人點點頭，那扇巨大的門緩緩地打開。

一進入寶座大廳，首先進入眼簾的是列隊站在左右兩側的親衛隊員。

他們與之前在訓練場看到時不同，全副武裝地站著。

我們往前走，看到一張給人乘坐太過龐大的椅子，而阿爾扎哈克就坐在上頭。

其右側站著尤伊妮，左側站著阿爾芙利德。

「我聽取了尤伊妮和阿爾芙利德的報告。你們這次幫助了大樹，在各方面也盡力相助，謝謝你們。」

阿爾扎哈克這麼說道，儘管坐著，他仍對我們低頭行禮。

親衛隊員看到後低聲騷動起來，但當阿爾芙利德用手中長槍敲擊地面，讓他們安靜下來。

我心想在寶座大廳裡做出這種舉動是否妥當，但阿爾扎哈克什麼也沒說。

「因此，我想給予你們獎勵……我雖然不知道你們要找的人是誰，但我想告訴你們我知道的尖耳妖精情報。」

聽到那些話，我感覺到克莉絲她們倒抽一口氣。

對我們來說，這都是為了拯救希耶爾而採取的行動，但這是令人高興的報酬。

只是我聽到那番話，反而感到疑惑。

「嗯，這樣應該不錯。尤伊妮，妳把這個……尤伊妮？」

「啊，是。」

尤伊妮從阿爾札哈克手中接過了什麼，走到我身旁，把東西遞給我……我接過以後，不禁看向尤伊妮的臉。

尤伊妮臉上浮現為難的神情，行了一禮後回到原先的位置。

我手中拿著尤伊妮遞給我的小盒子。

「裡面是類似通行證的東西。」

「通行證嗎？」

我感覺到除了我以外的人也很困惑。

「在黑森林中注入魔力，這個東西就會引導你們前往某個地方，因為森林盡頭有個城鎮，裡面居住著尖耳妖精。另外，那東西還附帶了讓人不會在黑森林中迷路的庇佑。」

「那、那是真的嗎？」

克莉絲上前一步詢問時，親衛隊有所反應。

「無妨無妨，還有，這是真的。我不會對恩人說謊，如果做出那種事，我肯定會被女兒們厭惡。那可是比死還可怕的事情！所以說，妳可以放心。還有今晚我想舉辦宴會，希望各位務必來參加。」

阿爾札哈克說完後，我們離開了寶座大廳。

◇尤伊妮視角

「父親大人，您是認真的嗎？那可是黑森林啊。據說那裡棲息著許多凶惡的魔物，最重要的是，那是那個魔人統治的領域吧？雖說那裡有精靈居住的城鎮，我認為太危險了。」

等到空先生和親衛隊的隊員們都離開寶座大廳後，我開口說道。

我之所以會忍不住用嚴厲的語氣說話，是因為在我的印象中，黑森林是危險的地方。

「嗯，好吧。可以告訴尤伊妮吧？」

父親大人看向阿爾芙利德，她點點頭。

父親大人告訴了我母親大人的事。

那是我至今問過好幾次，他都沒有告訴我的事情。

我知道母親大人曾是神聖魔法的使用者，但我在這時才初次得知她曾是聖女。

他也告訴了我母親大人去討伐魔王，一去不返的理由。

還有關於這一代魔王的事情。

他沒有告訴我為何知道魔王的事就是了。

只不過，他囑咐我不可以告訴任何人。

「怎麼會這樣……那空先生他們……不能把他們留在這裡嗎？」

「尤伊妮，妳知道那是不可能的對吧？」

的確，我聽空先生他們提過旅行的目的。

我也明白克莉絲她們的意志。

也很清楚我不可能阻止他們。

因為父親大人已經為他們指示了通往那裡的路。

但是……

「這樣太過分了……」

「所以我才想要確認。那名少年拯救了這個國家，有恩於我們。如果可以，我想幫助他。所以若他能讓我看到他的可能性，到時候……」

父親大人這麼說完後，起身走出寶座大廳。

他平常感覺高大至極的背影，唯獨在這一刻十分矮小。

「阿爾芙利德，妳早就知道了嗎？」

「是的。」

阿爾芙利德不以為意地回答。

那一如往常的反應讓我不禁生氣，瞪著阿爾芙利德，但看到她的表情，我領悟到我錯了。

因為對阿爾芙利德來說，母親大人也是很重要的人。

「現在就讓我們相信、等待阿爾札哈克大人吧。」

聽到阿爾芙利德的話，我只能點點頭。

尾聲

「嗯，你來了啊。」

我來到地下城第七層的精靈樹前時，阿爾札哈克站在那裡溫柔地注視著精靈樹。

他看起來也像是在跟誰說話，但這裡沒有其他人吧？是看不見的存在嗎？啊，是精靈之類的嗎？

「……你按照約定獨自……並不是呢。」

阿爾札哈克看著我，不，是看著希耶爾苦笑。

我現在會在這裡，是因為那時候尤伊妮傳話給我，要我過來這裡。

當然，我也早就知道會來的不是尤伊妮，而是阿爾札哈克。

據說他有事情想私下和我談談，所以我沒有帶任何過人來。

我會坦率地答應，是因為我也有想問的事情。

「我可以問一個問題嗎？」

「嗯，是你被我找來這裡的理由嗎？」

「那也是原因之一，但您為何明知道尖耳妖精的居處，卻放任精靈樹不管，讓它陷入這種狀態呢？」

這個問題似乎完全出乎他的意料，阿爾札哈克猝不及防，但立刻跟我說了理由。

「那是因為我知道的是普通尖耳妖精的住處。」

「普通尖耳妖精？」

「嗯，你看過了吧？那個叫克莉絲的女孩是什麼身分。」

克莉絲是尖耳妖精。不過，她不是普通的尖耳妖精。

「意思是說，條件是需要高等尖耳妖精嗎？」

「正是如此，至少需要一名高等尖耳妖精，所以我才無計可施。不過，如果我知道，或許會設法把人帶來……但現在時機不對。」

阿爾札哈克告訴我，各國正在準備討伐魔王的行動。

「所以現在前往黑森林可能會有危險。不過，應該不會立刻實行，因為那是不允許失敗的作戰。」

「我明白了。那麼，可以告訴我您叫我來這裡的理由嗎？」

「沒什麼，我想了解你的力量。」

「力量？」

「沒錯，這個世界充滿了不合理，受到命運詛咒。所以，如果你想保護同伴，就展現出能打敗那一切的力量給我看吧！」

當阿爾札哈克高聲宣言，世界失去了色彩。

而且阿爾札哈克的身體扭曲……在我眼前出現了一頭龍。

龍的體型比那個獨眼巨人還要龐大。我不禁抬頭仰望，使用了分析。

【名字「阿爾札哈克」　職業「＊＊」　Lv「不可計測」　種族「龍＊」　狀態「——」】

等級無法計測是什麼情況？

我的腦海中接連出現情報。

超越者、墮落者、統治者、隱匿者、墮＊……

另外，雖然不知道生命力、魔力、精神力的數值，但有五個＊＊＊＊，考慮到＊的數量代表了位數，可能已達到上萬。

我不知道阿爾札哈克想要說什麼，但眼前的龍正散發出明確的殺氣。

他沒有不由分說地朝我使出攻擊，是在等我嗎？

可是我沒有拔劍戰鬥的理由。

「就算你沒有理由，對手也會毫不留情地攻擊你！」

阿爾札哈克轉過身，尾巴慢了一拍朝我甩來。

我迅速往後跳，躲掉了那一擊。

剛才……他讀了我的心思？

「沒錯，我看穿了你的想法。就憑這樣，你保護得了同伴嗎！」

面對再度襲來的攻擊，我從道具箱裡拿出盾牌擋下。

強勁的衝擊讓我的身體浮了起來，被打飛出去。

我勉強在空中保持平衡並著地。

「怎麼了？對手可不會手下留情！如果你不狠下心來，同伴可能就會喪命！」

那番話讓我回想起與那些黑衣男子的戰鬥。

「沒錯，你現在活著只是運氣好罷了。那個女孩也可能已經死了。」

聽到那句話，我拔劍發動攻擊。

他說得的確沒錯。

有時候不得不戰鬥。

可是……

「別苦惱，小伙子。如果呆站在那裡，一切都會在那時結束。」

彷彿受到龍王的話語引導，我的身體動了起來。

但我的攻擊打不到他。

攻擊彷彿被看穿了一樣，被他輕鬆地閃過。

在中途聲東擊西也沒用，企圖攻擊死角也沒用，使用魔法也沒用。

因為我的攻擊……我的心思被看穿了。

面對這樣的對手，要我怎麼戰鬥？太不講理了吧。

「即使說喪氣話也改變不了任何事喔，小夥子！」

我翻滾一圈躲避攻擊後，迅速站了起來。

既然他能看穿我的想法……

「唔！」

我迅速靠近，毫不設防地揮起劍。

但阿爾札哈克感到困惑，沒有反擊就退後了。

我做的事其實很簡單。

既然他看穿了我的想法，那反過來利用這一點就行了。

我剛才運用平行思考技能，讓自己分別產生從右側攻擊和從左側攻擊的想法。

阿爾札哈克應該因此十分混亂。

現在正是進攻的好時機，我一口氣地逼近他。

「了不起的招數，但是。」

也許該說薑還是老的辣，阿爾札哈克立刻做出應對。

他至今以防禦為主的戰鬥方式，變換成了攻擊。

話說他不讀我的心思，直接攻擊的威力更強。

他之前肯定是在配合我發動攻擊。

他不再讀我的心以後，無論是先發制人的尾巴攻擊、衝撞還是揮爪斬擊，每一種攻擊都更加犀利。

如果他朝我噴出吐息或使用魔法，戰鬥應該就會結束了。雖然我不知道他是否有這些能力。

不過，如果目前的狀態持續下去，先耗盡力氣的人無疑會是我。

雖然我藉由漫步技能學會了許多技能，狀態值也提升了，但我還是不認為我在基礎體力上能勝過阿爾札哈克。

但是靠目前學到的技能，我能夠戰勝阿爾札哈克嗎？

還是要學習新技能呢？

我開啟狀態值面板，注意到了一件事。

漫步技能不知為何升級了，我有3點技能點數。

根據前一天看到的步數來想，這根本不可能，但實際上技能升級了。

我本來就想過遲早要學技能，那就豁出去了。

「喔，你要一決勝負了啊。」

我喝下增加MP藥水改與EX魔力藥水。

阿爾札哈克守規矩地等我喝完。

他真的打算測試我的力量吧。

既然他要我展示力量，感覺只有一擊命中也無法通過。

那麼……

我一邊發動攻擊，一邊等待時機。

然後在攻擊被他擋下，我被打飛出去的瞬間，我使用轉移跳到阿爾札哈克的懷中。

即使是阿爾札哈克好像也非常驚訝，但他立刻擺出承接攻擊的姿勢。

要從正面進攻打敗他果然很難。

我瞬間這麼判斷，腦海中想起一句話。

『尤伊妮她……』

阿爾札哈克一視同仁地愛著三個孩子，但尤伊妮似乎特別受到過度保護。

我聽薩哈娜對克莉絲說過，她聽到尤伊妮收到阿爾札哈克的指示，要前往地下城時很驚訝。

所以為了讓阿爾札哈克心生動搖，我決定針對這一點。

「你說什麼！」

為了對激動的阿爾札哈克發動灌注魔力的一擊，我揮下劍。

他像是受到了動搖，但身體做出反應。

我在此時使用剛學會的魔法。

NEW

【時空魔法Lv1】

技能效果是以我為中心，讓周遭的人動作變慢。

由於等級是1級，生效時間只有短短數秒。即使如此，那短暫的時間應該會成為致勝機會。

即使在緩慢的動作中，也能看出我瞄準的手臂正在積蓄力量。

他打算用力繃緊肌肉，承受斬擊。

我原本認為這是不可能的，但對手是那位龍王。

因此我按照計畫，在劍觸及手臂的瞬間，使用以變換技能回復的ＭＰ，再度轉移位置。

我出現在本來想砍上的手臂另一側，因此我的斬擊命中的部位，正好是龍王試圖阻擋攻擊的手臂背面，正是毫無防備的部位。

「咕！」

阿爾札哈克發出悶哼往後退。

但我看到之後，呆立在原地。

我明明準確地突襲、全力攻擊了他應該無法防禦的那一側，卻完全沒有效果。

「嗯，不錯的一擊。」

但是阿爾札哈克誇獎了我。

當我感到困惑時，他向我展示出被砍中的手臂部位。

仔細一看，上面有一道小傷口，傷到了一點鱗片。

「你打傷了身為最強龍種的我，我才覺得驚訝呢，因為我沒想到你真的能傷害到我。嗯，總之先給你獎勵吧。」

阿爾札哈克說完後閉上嘴。

喀嚓聲響起後，他吐出了那個。

發出砰然巨響，掉在地上的是一根牙齒。

長度跟我的身高差不多。

不過那根牙在我面前逐漸縮小，最終變成比我的頭略大一點的尺寸。

「要怎麼使用這個，交給你決定。還有，這個也給你吧。」

他邊說邊遞來鱗片的碎片，似乎是我剛才砍中的鱗片。雖然說是碎片，大小也足以做成一面盾牌。

比起這些，我有更想問他的事情。

「您為什麼要做這種事呢？」

「嗯，你們接下來要前往的黑森林是很危險的地方，畢竟那是由魔人統治的領域。」

「意思是說，我們可能會與魔人戰鬥嗎？還是指我們可能會被捲入人類與魔王的戰爭？」

雖然我認識名叫伊格尼斯的魔人，但的確完全不了解其他魔人的情況。

而阿多尼斯甚至企圖殺害米亞，其他魔人說不定也一樣，會不由分說地來殺我們。

實際上剛遇到伊格尼斯時，我也差點死在他手中。

而且阿爾札哈克剛才提到過，人類也有可能會為了討伐魔王，攻入黑森林。

「這要由你過去確認了。我覺得不去也是一種選擇，但你們會去的吧？」

我的回答已經決定好了。

「如果她們想要去，我們當然會去。而且黑森林的盡頭居然有城鎮，我也非常好奇。」

在那種地方居然有城鎮，有誰會相信呢？

聽到那句話，阿爾札哈克臉上浮現複雜的表情。

「那我就不多說什麼了，你就親眼……不，沒什麼。更重要的是，剛才……你似乎說了什麼關於尤伊妮的事，我希望你詳細解釋一下那是怎麼回事。」

我遭到阿爾札哈克逼問。我多次說明那只是為了讓他動搖而說的話，但是他一直不肯相信。

我從薩哈娜那裡得知，與尤伊妮有關的話題對阿爾札哈克很有效，卻沒料到效果那麼驚人。

但是，黑森林嗎……沒想到要前往我在艾雷吉亞王國時，聽說很危險的地方。

截至目前為止的狀態值

藤宮空 Sora Fujimiya

【職業】魔導士 【種族】異世界人 【等級】無

【HP】610／610 【MP】610／610 (+200)【SP】610／610
【力量】600(+0) 【體力】600(+0) 【速度】600(+0)
【魔力】600 (+200) 【敏捷】600(+0) 【幸運】600(+0)

【技能】漫步 Lv60

效果：不管走多少路也不會累（每走一步就會獲得＊點經驗值）
經驗值計數器：107／1570000
技能點數：0

已習得技能

【鑑定LvMAX】【阻礙鑑定Lv7】【身體強化LvMAX】
【魔力操作LvMAX】【生活魔法LvMAX】【察覺氣息LvMAX】
【劍術LvMAX】【空間魔法LvMAX】【平行思考LvMAX】
【提升自然回復LvMAX】【遮蔽氣息LvMAX】【鍊金術LvMAX】
【烹飪LvMAX】【投擲・射擊LvMAX】【火魔法LvMAX】
【水魔法LvMAX】【心電感應LvMAX】【夜視LvMAX】
【劍技LvMAX】【異常狀態抗性Lv8】【土魔法LvMAX】
【風魔法LvMAX】【偽裝Lv9】【土木・建築LvMAX】
【盾牌術LvMAX】【挑釁LvMAX】【陷阱Lv8】【登山Lv7】
【盾技Lv5】【同調Lv5】【變換Lv6】【減輕MP消耗Lv5】【農業Lv3】

高階技能

【人物鑑定LvMAX】【察覺魔力LvMAX】【賦予術LvMAX】
【創造Lv9】【賦予魔力Lv8】【隱蔽Lv7】【光魔法Lv4】
【分析Lv6】【時空魔法Lv1】

契約技能

【神聖魔法Lv6】

卷軸技能

【轉移Lv6】

稱號

【與精靈締結契約之人】

庇佑

【精靈樹的庇祐】

後記

初次見面，或是好久不見，我是あるくひと。

誠心感謝您這次購買《異世界漫步5～路弗雷龍王國篇～》。

目前我面臨的壓力更勝於創作本篇時。雖然我在改稿時也苦惱不已，但這次的情況更嚴重。由於這次後記能使用的頁數只有一頁，我沒辦法做總結！因此我想用這寶貴的一頁來宣傳並表達謝意。

首先是宣傳。本書出版時，我想在《マガジンポケット》連載的漫畫版《異世界漫步》（漫畫：小川慧老師）已經發售到第三集了（註：此為日本的出版情況），漫畫版也請多多支持。

最後是感謝。在本書的創作過程中提出各種提議並和我討論各種事宜的責編O、為本作描繪插圖的ゆーにっと老師、校對本書的人員們，這次也很感謝你們。

然後是拿起本書，閱讀到這裡的讀者們、總是閱讀網路版的網友們，真的很感謝你們。希望本篇的故事讓大家看得盡興。

那麼如果有緣，希望在續集再會。

あるくひと

惡魔紋章 1 待續

作者：川原 礫　插畫：堀口悠紀子

《SAO刀劍神域》、《加速世界》後的完全新作！
在遊戲與現實融合的新世界挑戰複合實境的死亡遊戲!!

蘆原佑馬在玩VRMMORPG「Actual Magic」時，一腳踏進了遊戲與現實融合的「新世界」。當佑馬無法理解事態而陷入混亂時，出現在他眼前的是班上最漂亮的美少女——綿卷澄香。但是她的容貌看起來就跟遊戲裡的「怪物」沒有兩樣……

NT$240/HK$80

魔石傳記 獲得魔物力量的我是最強的！ 1~3待續

作者：結城涼　插畫：成瀬ちさと

以「王」為目標的少年出訪他國，
體內寄宿的魔物力量竟突然暴走！

艾因利用從魔石吸收的技能成功討伐海龍，以英雄的身分擔任國王代理人出使他國。然而體內寄宿的魔物力量卻在歸途失控！為了探究原因，於是造訪擁有最先進科技的研究都市伊思忒，在此接近能力的真相與伊思忒的黑暗——充滿騷動的第三集！

各 **NT$240~250/HK$80~83**

克琳希爾德與布倫希爾德

Kadokawa Fantastic Novels

作者：東崎惟子　插畫：あおあそ

布倫希爾德物語第三部揭幕！
從王國上消失的故事——

克琳希爾德懷著守護王國的決心迎來加冕之日。當姊姊布倫希爾德與歷代女王同樣因神力的「侵蝕」而病倒，克琳希爾德背負著她的意念踏進王座大廳，等待著她的卻是只有登基為女王的人才能知曉的王國最深黑暗。眾人編織的故事——將埋藏於歷史的縫隙。

各 **NT$200~240/HK$67~73**

妹妹進入女騎士學園就讀，不知為何成為救國英雄的人竟是我。 1~2 待續

Kadokawa Fantastic Novels

作者：ラマンおいどん　插畫：なたーしゃ

化身救國英雄的最強哥哥成為貴族，為了解放自己的領地就此踏上征途！

在我和妹妹的齊心協力之下，於千鈞一髮之際成為拯救女王的英雄。然而獎賞的領地遭敵方占領，只得前往解救城鎮——然而除了女騎士樸小姐、當上女王的橙子小姐之外，還多了稱呼我為主人的女僕。身旁的人愈來愈多，貴族人生就此拉開序幕！

各NT$240~260/HK$80~87

國家圖書館出版品預行編目資料

異世界漫步. 5, 路弗雷龍王國篇 / あるくひと作 ; K.K.譯. -- 初版. -- 臺北市 : 臺灣角川股份有限公司, 2024.05

面 ;　公分. -- (Kadokawa fantastic novels)

譯自 : 異世界ウォーキング. 5, ルフレ竜王国編

ISBN 978-626-378-924-1(平裝)

861.57　　113003074

Kadokawa
Fantastic
Novels

異世界漫步 5
～路弗雷龍王國篇～

（原著名：異世界ウォーキング5 ～ルフレ竜王国編～）

2024年6月5日　初版第1刷發行

作　　者：あるくひと
插　　畫：ゆーにっと
譯　　者：K.K.

發 行 人：台灣角川股份有限公司
總　　監：呂慧君
總 編 輯：蔡佩芬
主　　編：林秀儒
設計指導：陳晞叡
美術設計：吳佳昀
印　　務：李明修（主任）、張加恩（主任）、張凱棋

發 行 所：台灣角川股份有限公司
地　　址：104台北市中山區松江路223號3樓
電　　話：（02）2515-3000
傳　　真：（02）2515-0033
網　　址：www.kadokawa.com.tw
劃撥帳戶：台灣角川股份有限公司
劃撥帳號：19487412
法律顧問：有澤法律事務所
製　　版：尚騰印刷事業有限公司
ISBN：978-626-378-924-1